A Paris, Chez Henry le Gras, au 3.e pilier de la grande salle du Palais, a L. couronnée. Auec Priuilege du Roy. 1639.

A
MONSEIGNEVR,
MONSEIGNEVR
LE CARDINAL
DVC DE
RICHELIEV.

 *ONSEIGNEVR,*

Lors que i'entrepris de faire vne piece heroïque , dont la representa-

á

tion pût estre agreable à vostre Emi-
nence, je creûs que la perfection seu-
le estoit capable de plaire au plus
grand Esprit de l'Vniuers; & m'esti-
mant bien esloigné de pouuoir arriuer
à vn si haut point, j'vsay d'artifice,
& je choisis vn sujet plein de vertu,
estant asseuré que vous seriez pour le
moins charmé par la matiere de l'ou-
urage. Ceste inuention m'a si bien reüs-
si, que par elle i'ay eu le bon-heur d'es-
mouuoir cette grande ame, que le
souleuement de cent Peuples n'esmou-
uroit pas; & de tirer des exclama-
tions de cette bouche, qui prononce
les arrests de la Fortune de toute l'Eu-
rope. Mais, MONSEIGNEVR,
je ne veux point pretendre vne gloire

qui ne m'appartient pas : c'est la Ver-
tu qui vous esmouuoit ; c'est à elle à
qui vous donniez ces applaudiſſemens:
Elle brilloit par tout ; & l'amour que
vous auez pour elle vous a causé ces
transports, qui ſembloient eſtre cau-
ſez par les ſeuls efforts de la Poëſie.
Que voſtre Eminence ne s'offenſe pas
s'il luy plaiſt de cette tromperie, qui a
peu ſurprendre le plus ſolide jugement
du monde ; car qui ſe deffieroit iamais
que la Vertu le deuſt tromper? Et puis
qu'elle eſt elle-meſme ſa recompenſe,
ſouffrez, MONSEIGNEVR,
qu'en vous deſdiant cet ouurage, ie
preſente la Vertu à la Vertu meſme;
& que ſous la protection d'vne choſe
qui vous eſt ſi çhere, i'oſe vous pre-

senter encore la plus respectueuse passion qui fut iamais, auec laquelle ie
suis,

MONSEIGNEVR,

Vostre tres-humble, tres-obeïssans,
& tres-fidelle seruiteur,
DESMARETZ.

VELQVES-VNS m'auoient voulu obliger de faire vne Preface à cette Tragicomedie en faueur de ceux qui ont vn sçauoir mediocre, & de leur rendre raison pourquoy d'vn petit euenement que j'ay trouué dans l'Histoire, j'ay formé vn intrigue capable de composer vne piece de theatre, en y adioustant quelques accidens vray-semblables: pourquoy j'ay nommé Lucidan celuy que quelques Historiens nomment Allucius, d'autres Luceius, & d'autres Indibilis: pourquoy j'ay faict donner par Garamante à Scipion l'aduis pour prendre la ville, qui luy fut donné par quelques pescheurs du païs; & enfin pourquoy j'ay faict que Scipion est surpris d'amour, & par la vertu surmonte cette passion; puisque l'Histoire ne dit autre chose, sinon qu'il rendit cette Princesse, sans auoir remarqué s'il auoit esté touché de sa beauté ou non. Mais ie leur ay dit que nul n'estoit obligé de rendre raison de son art; & qu'vn peintre apres auoir acheué vn tableau, n'y attachoit point vn escrit pour rendre compte de toutes ses figures. Il ne faut point preuenir les jugemens par des raisons estudiées à dessein de se faire valoir. Plus l'art est caché plus il est beau: Les sçauans judicieux qui sçauent seuls le descouurir, l'admirent en le trouuant; & mieux il a sceu euiter de parestre, plus ils luy donnent de loüanges. Ceux qui ont vne erudition mediocre, & ceux mesmes qui sans aucun sçauoir ont du jugement, ayment les choses qu'vn bel art a produites, encore qu'ils ne le voyent pas; & pour ceux qui n'ont ny sçauoir ny iugement,

ã iij

c’eſt vn ſoin bien inutile que celuy d’aller au deuant de leurs obieƈtions ; puiſque les raiſons qu’on leur pourroit alleguer ne leur donneroient pas plus d’eſprit que ne leur en a donné la Nature. Ie diray ſeulement que j’auois eu deſſein de nommer cette piece vne Tragedie, encore que la fin en ſoit heureuſe; côme il y en a beaucoup de ſemblables dans les anciens Tragiques. Les ſeules perſonnes qui eſtoient repreſentées diſtinguoient autrefois le Tragique d’auec le Comique: ſi c’eſtoient des Roys, des Princes & d’autres perſonnes illuſtres cela s’appelloit Tragedie; & à ce Poëme conuenoient ſeulement des ſujets graues, auec des diſcours ſerieux & dignes des perſonnes de ce rang; & ſi c’eſtoient des perſonnages pris d’entre le peuple, cela s’appelloit Comedie, à laquelle conuenoient ſeulement des ſujets bas, & des accidens ridicules, auec des propos ordinaires & capables d’exciter le rire par leur naïueté. Toutefois i’ay conſideré que le mot de Tragicomedie eſt vn terme trop vſité maintenant, & duquel trop de gens ſe ſont ſeruis pour exprimer vne piece dont les principaux perſonnages ſont Princes, & les accidens graues & funeſtes, mais dont la fin eſt heureuſe, encore qu’il n’y ait rien de Comique qui y ſoit meſlé, & j’ay creu qu’il valloit mieux ſe ſeruir de ce nom apres tant d’autres, que de faire vn party à part; & ſuiure la mode telle qu’elle eſt, que d’eſtre ſeul à ſuiure les anciens en choſe de ſi peu de conſequence. Il vaut mieux ſe meſler parmy la foule, que de donner opinion que l’on veuille ſe faire remarquer, allant ſeul hors du commun; afin d’oſter tout ſoupçon de vanité, laquelle doiuent bien euiter ceux qui s’expoſent au jugement public. Le judicieux Leƈteur examine nos ouurages equitablement, & ſans ſe laiſſer preoccuper, quoy que nous luy voulions perſuader de noſtre merite: Les jugemens veulent eſtre libres, & s’ils apperçoiuent que nous les voulions captiuer, & regler de nous meſmes l’eſtime que l'on doit faire de nous, ils se despitent, & retranchent mesmes les loüanges deuës à ceux qui pretendent plus qu'ils ne doiuent. I'ay encore à dire que j'ay mis à la teste de ce Poëme vn Prologue qui n'a point esté recité au theatre, ou l'impatience Françoise ne les peut souffrir non plus que les Chœurs. C'est ce qui priue nostre langue des plus riches ornemens de la Poësie, dont les plus hautes figures se peuuent employer dans ces pieces destachées, & non pas dans le cours du Poëme dramatique, où les personnages ne doiuent point auoir vn langage poëtique & figuré, ce qui sembleroit extrauagant; mais vn discours approchant de l'ordinaire, & qui se releue seulement en elegance de termes & en force de sentimens : mesmes il est certain que dans les plus beaux mouuemens des passions, & dans les plus fortes pensées qu'elles produisent, plus les expressions en sont naturelles, plus elles sont belles : Mais dans les prologues & dans les chœurs la Poësie est en sa liberté, pour estaller ses doctes figures; & semble quitter alors le langage des hommes, pour prendre celuy que les anciens appelloient le langage des Dieux. Voyla, chers Lecteurs, ce que j'auois à vous dire : Lisez maintenant, & jugez auec toute liberté. I'oseray seulement vous asseurer, que vous trouuerez icy quelques pensées, sinon releuées, au moins honnestes; & telles que l'on peut s'attendre de voir en vn ouurage ou triomphe la vertu.

PERSONNAGES.

SCIPION,	Empereur Romain.
LVCIDAN,	Prince des Celtiberiens.
OLINDE,	Princeſſe d'Hiſpale.
GARAMANTE,	Prince Numidien.
HYANISBE,	Princeſſe des Iſles fortunées en habit de ſoldat.
ELISE,	Suiuante d'Hyaniſbe auſſi en habit de ſoldat.
LE GOVVERNEVR DE CARTAGENE,	
ORCADE,	Suiuante d'Olinde.
PHORBAS,	Suiuant de Garamante.
ASPAR,	Eſcuyer d'Hyaniſbe.
SOLDATS CARTAGINOIS,	
SOLDATS ROMAINS,	
MARTIAN,	Capitaine Romain.
HERAVT ROMAIN.	

La Scene eſt dans Cartagene en Eſpagne autrefois appellée Cartage la neufue.

SCIPION.

TRAGICOMEDIE,

PROLOGVE.

LA PRESTRESSE DV TEMPLE
DE
IVNON DANS CARTAGENE.

GENEREVSE Didon, qui fis naiſtre Cartage,
Qui pour vn fugitif ſouffris tant de tourmens;
Et qui pour trop d'amour & pour trop de courage
Ne pûs voir ſans mourir rompre tant de ſermens;
    Le Ciel te voulut bien entendre
Quand tu priois qu'vn iour de ta fertile cendre
    Il ſortit vn vangeur.
Soit dans les champs heureux ta douleur ſoulagée:
    Annibal t'a vangée.
Deſormais de ta honte efface la rougeur.

A

Aſſez a ſuccombé la vaillance Romaine
Sous l'effort courageux des Mores bataillons:
Trebie & le Teſin, Cannes & Traſimene
Aſſez de ſang Latin ont veu de gros boüillons.
Aſſez les deux villes riualles
Ont deſtruit l'Italie auec forces eſgalles:
Le parjure eſt vangé.
Auſſi Rome animée, en vangeant ſes injures,
Va punir les parjures
Dont l'audace Afriquaine a le Ciel outragé.

Vn jeune & ſage Chef va foudroyer tes portes,
Cartagene fidelle à Cartage ſans foy;
Et du brillant acier de ſes fieres cohortes,
Desja l'Afrique meſme a conceu de l'effroy.
Dans les delices de Capouë,
Tandis que d'Annibal la fortune s'eſchouë,
Scipion eſt ardent;
Et vangeant ſa Patrie, & ſon Oncle & ſon Pere,
Dans ſa juſte colere
Il paroiſt moderé, genereux & prudent.

Implacable Iunon, dont ie ſuis la Preſtreſſe,
Ceſſe de reſiſter aux ſuperbes Deſtins:
Souffre que l'Vniuers ayt Rome pour maiſtreſſe:
Laiſſe eſtendre par tout l'Empire des Latins.

PROLOGVE.

Que iamais ne se communique
Ta celeste faueur à la race Punique:
Passe vers les Romains.
La parjure Cartage a merité ta haine:
Souffre que ie t'emmeine
Pour auoir de l'encens par de plus justes mains.

Chaste Diuinité, tu dois cherir la race
Des chastes Scipions en ces lieux admirez.
Ce jeune vertueux suiuant leur belle trace,
Verra ses nobles pas des hommes adorez.
Par luy la pudeur virginale,
Malgré de Mars vainqueur l'insolence brutale,
Aura sa seureté.
La Iustice & la Foy seront dans les Espagnes
Ses fidelles Compagnes:
Tousiours ces deux vertus suiuent la pureté.

Bien-heureux les humains, qui sous de chastes Princes
Par la faueur du Ciel ont à passer leurs iours.
Leur sceptre moderé bannit de leurs Prouinces
Les desordres causez par les sales amours.
On void briller dans les familles
Les pudiques regards des innocentes filles:
Les Peres sont contents.
Pour vn Prince Troyen qui rauit à la Grece
Vne belle Princesse,
Combien vid le Soleil perir de combattans?

Ne craignez point pour vous, peuple de Cartagene;
Ny pour tant de Beautez que renferment vos murs.
Elles auront la peur: mais la vertu Romaine
Souffrira de leurs traits des aſſauts bien plus durs.
　　　　Icy pareſtront l'Innocence,
L'Honneur, la Trahiſon, l'Amour & la Vangeance,
　　　　En leur plus haut eſclat.
Mars fera peu ſentir ſon inſolente audace:
　　　　Mais dedans ceſte place
L'Amour & la Vertu feront vn beau combat.

SCIPION.

ACTE PREMIER.

SCENE PREMIERE.

LE GOVVERNEVR DE CARTAGENE.

SOLDATS AFRIQVAINS.

LE GOVVERNEVR.

GVERRIERS, dont la valeur poſſede l'auantage
D'auoir porté ſi haut la gloire de Cartage ;
Et qui par tant de lieux diſputez aux Romains,
Depuis tant de ſaiſons, l'Empire des humains ;
Souffrez-vous qu'on vous braue ? & qu'aux yeux de l'Eſpagne
Vn jeune Chef nous force à quitter la campagne ?
A deffendre ces murs, cependant qu'Annibal,
Peut eſtre glorieux en ce moment fatal ;
Sappe les murs de Rome, & d'vn ardent courage
Dompte enfin ſon orgueil, la force & la ſaccage.

A iij

Ce jeune audacieux, reſte des Scipions
Que nous fiſmes perir auec leurs legions,
Dont coula tant de ſang ſur la poudre Eſpagnole,
D’vn eſpoir de vengeance en ſon deüil ſe conſole.
O! de Rome affoiblie imbecille ſecours!
Mais quoy? de ce torrent il faut rompre le cours.
Reſiſtons puiſſamment à la force Romaine,
Qui croit prendre l’Eſpagne en prenant Cartagene.
Icy ſont les enfans pour oſtages gardez
Des Rois par qui l’on void ces païs commandez,
Qui venant à tomber ſous leur fiere puiſſance,
Rangeroient tous ces Rois ſous leur obeïſſance.
C’eſt icy l’arcenal, ou d’vn ſoin diligent
Cartage a fait amas & d’armes & d’argent,
D’où l’appareil guerrier & de mer & de terre
Se reſpand en tous lieux où ſe porte la guerre.
Scipion va bien toſt receuoir vn affront,
Au lieu du beau laurier qu’il promet à ſon front:
Car voyez à quel point a monté ſon audace?
D’entreprendre l’aſſaut d’vne ſi forte place,
Ou pretendre affamer le lieu des magaſins,
Qui fourniroient la vie à cent peuples voiſins?
Puniſſez, mes amis, cette inſolente rage.
Deffendez vaillamment tout l’eſpoir de Cartage;
Et croyez que le Ciel va donner par vos mains
L’honneur à noſtre Empire, & la honte aux Romains.
Le More Garamante a faict vne ſortie,
Par qui de l’Ennemy la force eſt diuertie;
Il l’amuſe, & tandis que le choc s’entretient,
Fauoriſe l’entrée au ſecours qui nous vient.
Lucidan le conduit, Prince des Celtiberes,
Qui d’vn ardent courage embraſſe nos affaires;

Celuy dont la valeur fit de ſi grands effets,
Quand les deux Scipions par nous furent deffaits.
Par vn puiſſant effort souſtenons ces deux Princes,
Les nobles deffenſeurs de ces belles Prouinces :
Employons noſtre bras & quittons le diſcours.
Ouurons, mes compagnons, le paſſage au ſecours.
Mais, ſoldat, quelle joye en tes yeux eſtincelle ?

SCENE SECONDE.

LE GOVVERNEVR, SOLDATS, LVCIDAN.

SOLDAT.

SEIGNEVR, je vous apporte vne heureuſe nouuelle.
Le vaillant Lucidan, d'vn effort merueilleux,
A franchy des Romains le foſſé perilleux ;
Et ſans craindre des traits l'eſpoüuantable orage,
Parmy les legions s'eſt ouuert le paſſage.

LE GOVVERNEVR.

Rien à ce vaillant bras ne ſçauroit reſiſter.
C'eſt le plus grand ſecours qui nous puiſſe aſſiſter :
Pouuions-nous eſperer vne aſſeurance eſgale ?
Nous auons la valeur aux Scipions fatale.
Mais le voicy luy meſme ; allons le receuoir.
O Prince genereux !
                    LVCIDAN.
                              Par vn double deuoir
I'eſtois trop obligé de vous venir deffendre.

LE GOVVERNEVR.

Voftre feule valeur vous l'a fait entreprendre:
Rien ne vous obligeoit.

LVCIDAN.

                Ie fçay ce que je dois
A l'empire naiffant des grands Cartaginois:
Mais vn deuoir plus fort animoit mon courage.
Vne rare Princeffe eft icy pour oftage,
Olinde, dont les yeux me font viure & mourir;
C'eft elle, à dire vray, que ie viens fecourir:
Pardonnez cét aueu.

LE GOVVERNEVR.

             Quoy? cefte belle Olinde?
La plus belle qui foit du Tage jufqu'à l'Inde?
Celle dont les regards doucement inhumains
En bleffent plus icy que les traits des Romains?

LVCIDAN.

C'eft elle, dont la foy dés long-temps m'eft promife:
Le vouloir des parens mon bon-heur authorife;
Et fi d'vne faueur vous voulez m'obliger;
Alors que l'on verra l'Ennemy defloger;
Permettez qu'en repos vn fainct nœu nous affemble,
Et retenez, pour vn, deux oftages enfemble.
Si ie puis par mon fang cefte grace acquerir,
Dans les plus grands dangers vous me verrez courir.

LE GOVVERNEVR.

S'il eft vray qu'à vos vœux elle foit accordée,
Prince, vous obtenez la faueur demandée.

                              SCENE

SCENE TROISIESME.

OLINDE, GARAMANTE, LE GOVVERNEVR,
LVCIDAN, SOLDATS.

OLINDE.

Dᴵᴱᵛx! je voy Lucidan? Lucidan de retour?
Ah! courons au deuant. O fauorable jour.

LE GOVVERNEVR.

Mais voicy Garamante. O valeur signalée!
Quoy? vous vous retirez encor de la meslée?

GARAMANTE.

Ie m'estois par malheur engagé trop auant,
Voyant qu'vn escadron s'estoit mis au deuant,
Pour rendre du secours tout l'effort inutile,
Et leur oster l'espoir d'entrer dedans la ville.
Apres qu'auec les miens je les eûs escartez,
La chaleur du combat nous a precipitez
Parmy tant d'Ennemis, que ie ne sçay qu'à peine
Comment j'ay retiré mes gens que ie rameine.

LE GOVVERNEVR.

Vn assez digne prix ne se peut rencontrer
Pour ce Prince, & pour vous qui l'auez fait entrer.

B

Non, ie ne penſe plus qu'auec ceſte aſſiſtance
Nous deuions des Romains redouter la puiſſance.
Mais laiſſons ce propos, pour voir ceſte Beauté
Qui de tant de mortels tient l'eſprit arreſté.

LVCIDAN.

Ah ! Dieux, c'eſt elle meſme.

OLINDE.

            Ah ! cache-toy, ma joye :
Ma craintiue pudeur deffend que l'on te voye.

LVCIDAN. *

Ah ! merueilleuſe veüe ! Ah ! ſource de plaiſirs !

GARAMANTE.

Beauté, que dans mon cœur tu reſpans de deſirs !

LVCIDAN.

Pardonnez à l'amour, Seigneur, & que de grace
Ie me jette à ſes pieds, & que ie les embraſſe.

OLINDE.

Leue-toy, Lucidan, ſonge à ce que tu dois :
Tu manques de reſpect pour les Cartaginois.

LVCIDAN.

Peut-on trouuer eſtrange, Infante incomparable,
De me voir adorer ce qu'on void adorable ?
Et ſi i'ay du tranſport aux yeux de nos amis
Si preſt de poſſeder le bien qui m'eſt promis ?

GARAMANTE.

Quel bien fe promet-il? tout ce difcours m'offenfe.

LVCIDAN.

O·de mes longs trauaux la haute recompenfe,
Auoüez feulement deuant le Gouuerneur,
Que vous & vos parens agréez mon bon-heur.

OLINDE.

Ie confeffe, Seigneur, que ie luy fuis promife :
Où ie diray pluftoft, Lucidan m'a conquife.
Tant de tourments foufferts, de feruices rendus,
De foins pour mes parens, de deuoirs affidus,
De fecours importans depuis que ie fuis née,
Pouuoient bien meriter plus que mon hymenée;
Et malgré la pudeur, je confeffe aujourd'huy;
Ouy, je dis fans rougir, que mon cœur eft à luy.

LVCIDAN.

Trop fauorable adueu d'vne fi belle bouche.

GARAMANTE.

Combien fenfiblement cét accident me touche;

OLINDE.

Cét adueu, Lucidan, me doit eftre permis;
Puifque deuant les Dieux ce cœur vous fut promis.

B ij

LE GOVVERNEVR.

Faiſons apres le ſiege vn ſi beau mariage.
Vous eſtes libre, Olinde, & n'eſtes plus oſtage.

LVCIDAN.

C'eſt ſur les nobles cœurs regner bien noblement,
Que de prendre en oſtage vn grand reſſentiment.

LE GOVVERNEVR.

Viuez touſiours heureux, & l'amant, & l'amante.
Et pour vous que feray-je ? Illuſtre Garamante.

GARAMANTE.

Pour moy, rien ne me reſte au monde à deſirer,
Si vous donnez le bien que j'oſois eſperer.

LE GOVVERNEVR.

Quel bien eſperiez-vous ?

GARAMANTE.
                              Ceſte beauté celeſte.
Mais ſi quelque ſoucy dedans l'ame vous reſte,
D'vn qui cent fois s'expoſe aux hazards de mourir
Pour l'honneur de Cartage, & pour vous ſecourir ;
Reuoquez voſtre don, ou bien toſt ceſte eſpée
Au ſang d'vn Eſpagnol ſe trouuera trempée.

LVCIDAN.

Dans ce deſſein funeſte, auſſi pourroit-on bien
Verſer en meſme temps du ſang Numidien.

Ce que j'ay bien acquis, je le sçay bien deffendre.

GARAMANTE.

Et je sçay conquerir ce que j'ose pretendre.

LE GOVVERNEVR.

Quel est vostre dessein ? mais plustost dés ce jour
Esteignez l'amour mesme en faueur de l'amour.
Voyez depuis quel temps ces deux heureuses ames
Nourrrissent cherement leurs mutuelles flames.
Ayez par vn effort de vous mesme pitié;
Et n'esperez pas rompre vne telle amitié.

GARAMANTE.

Reuoquez seulement la sentence importune :
Puis laissez faire apres Amour & la Fortune.

LVCIDAN.

Sans faire tant de bruit, faisons voir en ces lieux,
Si l'on donne vn assaut, qui la merite mieux.

LE GOVVERNEVR.

Ses yeux, à l'vn cruels, à l'autre fauorables,
Sont de ce differend les Iuges equitables.
Lucidan, remenez Olinde en sa maison.
Garamante, essayez de suiure la raison.
Ceste chere beauté qui vous rend si sensible,
Par luy desia vaincuë, est pour vous inuincible.
Vn grand cœur souffre bien de plus grands desplaisirs,
Dans les employs de Mars noyez tous ces desirs.

GARAMANTE.

Ah! ne confentez point à ce trifte hymenée.

LE GOVVERNEVR.

Cher Prince, que veux-tu? ma parole eft donnée.
Adieu, j'ay pour l'affaut cent chofes à preuoir:
N'ayme plus, Garamante, & fonge à ton deuoir.

SCENE QVATRIESME.

GARAMANTE SEVL.

TA parole eft donnée? & j'auray le courage
    De fouffrir lafchement vn fi fenfible outrage?
Ta parole eft donnée? & les Cartaginois
Par mon bras indompté fecourus tant de fois,
Pourront bien d'vn mefpris payer tous mes feruices,
Et pour les feuls vaincus garderont les delices?
Ta parole eft donnée? & ie pourray bien voir
Vn riual comblé d'heur, & moy de defefpoir?
Pluftoft tout l'Vniuers en ruïnes efclatte,
Ou pluftoft des Enfers dans cefte ville ingratte
Vienne vne Tyfiphone, & feme fes ferpens,
Que de voir vn riual heureux à mes defpens.
Ouy, periffe pluftoft cefte ville execrable,
Que de le voir content & me voir miferable.
Quoy doncques, malheureux, j'auray pour mon tourment
Fauorifé l'entrée à cét heureux amant,

Qui venoit me rauir la Princeſſe que j'ayme?
Quoy? j'auray combatu pour luy contre moy-meſme?
Et j'auray ſouſtenu tout l'effort des Romains,
Pour faire que pluſtoſt elle fut en ſes mains?
Miſerable valeur, à mon bon-heur funeſte,
Quitte moy pour jamais, va, va, je te deteſte.
Tu n'es qu'vne traiſtreſſe, & pour cauſer mon mal
Tu t'entendois alors auecques mon riual ;
Et d'vne vaine gloire amuſant mon courage,
Pour me voller mon bien tu luy donnois paſſage ;
Puis tu m'entretenois dans ce traiſtre plaiſir,
Afin qu'à l'emporter il eut plus de loiſir.
Ie te quitte, valeur, ſource de mes ſuplices.
Venez me ſecourir, trahiſons, artifices ;
Vous ſeuls vous me pouuez redonner mon bonheur.
N'eſcoutons plus les loix d'vn inutile honneur :
Suiuons tous les aduis que nos fureurs nous donnent ;
Abandonnons, mon cœur, ceux qui nous abandonnent.
Et puiſque nul ſecours ne m'eſt icy promis,
Cherchons noſtre ſecours parmy les Ennemis.
Reduit au deſeſpoir dans ce malheur extreme,
I'ayme mieux tout trahir, que me trahir moy-meſme.
Que peux-tu m'alleguer, importune raiſon?
As tu peine à ſouffrir ce nom de trahiſon?
Ie viuray, ce dis-tu, deſormais en infame :
I'ayme mieux viure ainſi, que viure ſans mon ame,
Sans plaiſir, ſans repos, ſans eſpoir de guerir,
Que mourir mille fois & ne pouuoir mourir,
Que voir à mon riual ma Princeſſe aſſeruie,
Et que paſſer mes iours plein de rage & d'enuie.
Ie ne puis me noircir par vn ſi laſche tour ;
Que ie n'en ſois touſiours excuſé par l'amour.

Amour, en m'honorant d'vne telle conquefte,
Malgré mon deshonneur couronnera ma tefte;
Et malgré le mefpris & la hayne de tous,
Ie me verray content & mon riual ialoux.
Olinde, belle Olinde, ah ! voy combien ie t'ayme,
Si ie puis, pour t'aymer, quitter mon honneur mefme.
Mon honneur, te quitter? te quitter, mon honneur ?
Oüy, fors de moy, remords, contraire à mon bon-heur;
Oüy, pluftoft ie le quitte & le ciel & la terre,
Que de fouffrir les maux qui me feroient la guerre.
Ie fçay ce que ie dois a mon ferment donné :
Ie fçay ce que ie dois aux lieux où ie fuis né :
Mais dans l'extremité du mal qui me deuore,
Si ie leur dois beaucoup, ie me dois plus encore.
Priué de tout fecours, ie me dois fecourir :
Tout periffe, pluftoft que me laiffer perir.
Mais venons aux effects, la plainte eft inutile.
Ie mets dans vn moment Scipion dans la ville.
I'en fçay bien le moyen; mais à condition
Qu'il rende Ie repos à mon affection;
Et qu'eftant poffeffeur de cefte fortereffe,
Il me faffe auffi toft maiftre de ma maiftreffe.
Riual, tu n'as plus guere à garder ton bon-heur :
Ny toy ta Cartagene, infolent Gouuerneur :
Il faut, malgré l'erreur des fentimens timides,
Eftre ingrat aux ingrats, & perfide aux perfides.

FIN DV PREMIER ACTE.

SCIPION

SCIPION.

ACTE SECOND.

SCENE PREMIERE.

LVCIDAN, OLINDE, ORCADE.

DAns l'espoir où ie suis, que les momens sont doux,
Alors qu'en liberté je demeure auec vous;
Et que, sans y penser, Scipion est barbare,
Dont l'assaut importun de vos yeux me separe.
Mais il faut vous deffendre, & chasser les Romains ;
De peur que mon tresor ne tombe entre leurs mains.
Ne vous affligez point, genereuse Princesse,
Et de ce noble cœur esloignez la tendresse :
Sous l'auspice puissant d'vn regard de vos yeux,
Ie soustiendrois l'assaut mesme de tous les Dieux.

C

OLINDE.

Lucidan, ie fçay trop, (& c'eſt ce qui m'afflige)
A quelles actions voſtre cœur vous oblige.
Ie fçay ce que l'honneur commande aux genereux;
Mais ſoyez, pour me plaire, vn peu moins valeureux.
La valeur, ie l'auouë, aux perils attachée,
Par raiſon ny par pleurs n'en peut eſtre arrachée:
Mais ſauuez Lucidan de la fureur des coups;
Et conſeruez pour moy, ce qui n'eſt plus à vous.
Ne m'abandonnez pas aux malheureux outrages
Qu'exercent des vainqueurs les inſolens courages.
En vos mains ſeulement eſt l'appuy que i'attens;
Et s'il nous faut mourir, mourons en meſme temps.

LVCIDAN.

Chere Olinde, chaſſez ceſte crainte importune.
Puiſ-ie eſtre aymé de vous, & manquer de fortune ?
La fortune ayde aux cœurs amoureux & vaillans.
Içy les grands haſards ſont pour les aſſaillans.
Si i'ay peu reuenir des plus rudes batailles,
Que doiſ-ie redouter, couuert de ces murailles ?

OLINDE.

Pour vous tenir caché vous auez trop de cœur.

LVCIDAN.

Mais pour vn noble eſprit vous auez trop de peur.
Adieu. Ie ne puis plus, en ce danger extreſme,
Demeurer auec vous, qu'indigne de vous meſme.

OLINDE.

Helas ! rien deformais ne vous peut retenir.

ORCADE.

Madame.

OLINDE.

Ah ! la douleur m'oftoit le fouuenir.
Au moins de mon amour, receuez ce cher gage,
De mes fidelles mains le curieux ouurage :
Cette efcharpe, mon charme & mon amufement,
Pour adoucir l'ennuy de voftre efloignement.

LVCIDAN.

Admirable faueur, qui marque bien ma gloire,
D'auoir toufiours regné dedans voftre memoire !
Qué ce prefent eft beau, qu'il m'eft cher, qu'il m'eft doux !
Mais feroit il moins beau, puis qu'il eft né de vous ?
Vous mefme auez vous faict ce merueilleux ouurage ?

OLINDE.

Ouy, depuis qu'en ce lieu ie fus mife en oftage;
Et que Mars l'emporta fur vos affections,
Vous forçant de marcher contre les Scipions.

LVCIDAN.

Permettez que ie baife, ô Beauté fouueraine,
Ces merueilleufes mains qui prirent tant de peine.
Que ce trauail eft beau.

C ij

OLINDE.
                    Voyez de tous coftez
Que tous les Dieux du Ciel y ſont repreſentez:
Pour faire que des coups ils deſtournent l'orage,
De crainte qu'ils auront qu'on bleſſe leur image.

LVCIDAN.

Mes ſeuls reſſentimens peuuent eſtre teſmoins,
A quel point ie me voy redeuable à vos ſoins.
Si vos yeux ſur l'ouurage ont verſé de leurs charmes,
Ie n'auray pas beſoin de plus puiſſantes armes.

SCENE SECONDE.

LE GOVVERNEVR, LVCIDAN, OLINDE.

LE GOVVERNEVR.

LVcidan, le Romain prepare vn grand aſſaut.
LVCIDAN.

S'il eſt grand, noſtre gloire en montera plus haut.
Allons, mais ou faut-il, Seigneur, que ie combatte.

LE GOVVERNEVR.

Il faut que vers leur camp tout le peril eſclatte.

SCIPION.

Là nous aurons befoin des meilleurs combattans.

LVCIDAN.

Adieu,Princeffe.Allons,ne perdons point de temps.

LE GOVVERNEVR.

Animez nos Soldats par voftre bel exemple.

OLINDE.

O bons Dieux! & pour moy,je m'en vay dans le Temple.
Au moins touchons le Ciel par nos triftes accens.
Ie ne puis les ayder que de vœux & d'encens.

SCENE TROISIESME.

LE GOVVERNEVR,

SOLDATS CARTAGINOIS.

LE GOVVERNEVR.

MAIS qu'eft donc deuenu ce braue Garamante?
Sans doute fon amour quelque part le tourmente.

SOLDAT.

Cependant fes Soldats, de chef abandonnez,
Ne fçauent point les lieux qui leur font ordonnez,

Et veulent en sa place vn chef qui les commande,

LE GOVVERNEVR.

Ils ont eu pour ce jour vne peine assez grande,
Ayant fait la sortie il leur faut du repos.
Pour leur donner vn chef, je le trouue à propos.
Attendant son retour je le seray moy-mesme.
Desia de toutes parts j'entens vn bruit extresme.
L'ordre est donné par tout. Adherbal, toutefois,
Renforcez de Soldats les plus foibles endroits,
Commandez, Iarbas, à ces femmes vaillantes,
Qu'elles portent les feux, & les huiles boüillantes.
Pour moy, je veux d'icy pouruoir de toutes parts.
Vous, Narbal, allez faire vn tour sur les ramparts.
Puis faites-moy rapport de tout ce qui s'y passe;
Et deuers quel endroit tout l'effort se ramasse.
Nul de nous aujourd'huy ne soit veu languissant.
Monstrez tous vn courage & fidele & puissant.
Faisons que Scipion, d'vne audace inutile
Ait tenté d'emporter ceste puissante ville.
Vous, autant que vaillant, eloquent Arymbas,
Allez par tous les lieux où se font les combas.
Representez à tous, que c'est de leur courage
Que despend ceste fois tout l'honneur de Cartage.
Dittes leur que le sort qui suit la lascheté,
C'est la mort, ou l'horreur de la captiuité.
Mais chassant Scipion, quel heur nous accompagne?
Car perdant cét espoir, il perd toute l'Espagne.

SCENE QVATRIESME.

SOLDAT, LE GOVVERNEVR, SOLDATS CARTAGINOIS, GARAMANTE, SOLDATS ROMAINS, HYANISBE, ASPAR.

SOLDAT.

SEIGNEVR, par vn endroit de Soldats desgarny,
Et que la seule mer rendoit assez muny,
Dont nous auions iugé l'accez trop difficile,
On a veu des Romains se couler dans la ville.

LE GOVVERNEVR.

Ah ! bons Dieux ! que dis tu ? mais ie ne te croy pas.

SOLDAT.

Ie suis trop veritable, ils viennent sur mes pas.
Mais dans cet accident ce qui plus m'espouuante,
C'est encor qu'à leur teste on a veu Garamante,
Animant l'Ennemy du geste & de la voix,
Et monstrant de nos murs les plus foibles endroits.

LE GOVVERNEVR.

Garamante est vn traistre ? Ah ! quel excés de rage ?
Eut on craint ce malheur d'vn homme de courage ?

C'eſt pour l'amour d'Olinde. Ah!funeſte beauté!
Mais Dieux! que ferons nous en ceſte extremité?

AVTRE SOLDAT.

Ah! Seigneur, d'Ennemis toute la ville eſt pleine.
Rien ne peut reſiſter à la force Romaine.
D'vn coſté les aſſauts, d'autre la trahiſon,
Ont par diuers moyens forcé la garniſon.
Vne troupe me ſuit.

LE GOVVERNEVR.

Gagnons la fortereſſe.
O vous, Getuliens, valeureuſe ieuneſſe,
Vous ferez la retraitte; à l'effort de vos mains
Ie laiſſe à ſouſtenir les premiers des Romains.

SOLDAT.

En ce lieu noſtre foy vous ſera teſmoignée.

GARAMANTE.

Romains, à moy, Romains, ceſte ville eſt gagnée.

SOLDAT ROMAIN.

Courage, compagnons.

GARAMANTE.

Suiuez moy ſeulement.

SOLDAT CARTAGINOIS.

Ah! traiſtre à ton païs, eſt-ce là ton ſerment?

GARAMANTE.

GARAMANTE.

Ie viens, du Gouuerneur punir l'ingratitude,
Ou par la mort de tous, ou par la seruitude.
Scipion me rendra ce qu'on m'auoit osté.

SOLDAT CARTAGINOIS.

Eussé-je creu de toy ceste desloyauté?

SOLDAT ROMAIN.

Mais ils laschent le pied; la victoire est entiere.

GARAMANTE.

Pour ceux qui sont aux murs, battons les par derriere.

SCENE CINQVIESME.

HYANISBE EN SOLDAT, ASPAR, ELISE EN SOLDAT, HERAVT ROMAIN, SOLDATS ROMAINS.

ASPAR.

L E traistre!

HYANISBE.

Il faut mourir. Est ce Aspar que ie voy?

D

ELISE.

Sans doute c'eſt Aſpar.

HYANISBE.
Dieux ! Aſpar, eſt-ce toy ?

ASPAR.

Eſt-ce vous, Hyaniſbe ? Eſt-ce vous ma Princeſſe ?

HYANISBE.

Tay-toy : je ſuis ton maiſtre, & non plus ta maiſtreſſe.
Cache les noms du ſexe en ces armes caché.

ASPAR.

Doncques je trouue enfin ce que i'ay tant cherché.

HERAVT ROMAIN.

Qu'on ſe tienne enfermé, peuple de Cartagene.
Ne cherchez point la mort par vne audace vaine.
Scipion vous apprend, que le Soldat Romain
Aux mutins eſt ſeuere, aux humbles eſt humain.

HYANISBE.

Inconſtance du ſort ! triſte viciſſitude !
Voyez d'vn lieu public l'affreuſe ſolitude.
Chacun dans ſa maiſon craintif & reſſerré
Dans l'horreur de la mort deſia ſemble enterré.

ASPAR.

De toutes les horreurs de Mars impitoyable
La priſe d'vne ville eſt la plus effroyable.

ELISE.

Du vainqueur en tremblant ils attendent la loy;
Et ie fens que mon cœur tremble de leur effroy.

HYANISBE.

Nous ne fommes pas feuls que le fort importune.
Elife, c'eft par tout que regne la fortune.
Mais prenons ce loifir, tant que de toutes parts
On ait enuironné ceux qui font aux ramparts.
Vien dans ce lieu couuert, efloigné du tumulte,
Afpar, que ie te parle, & que ie te confulte.

ROMAINS.

Qui de nous en vn iour la croyoit emporter?

HYANISBE.

Les Romains font vainqueurs, rien n'eft à redouter.
Elife, cependant faites la fentinelle.
Hé bien donc, cher Afpar, mon Efcuyer fidelle,
Comment te voy-je icy?

ASPAR.

       Quand fans vous aduertir
Le trompeur Garamante eut le cœur de partir,
Quittant à l'impourueu nos Ifles bien-heureufes;
Et que, vous conoiffant pour des plus valeureufes,
Le traiftre, pour courir feurement fur les eaux,
Eut brulé dans le port la plufpart des vaiffeaux,
En vain pour le punir vous couruftes aux armes.
Ie vous vis en fecret refpandre mille larmes;

Et m'eſtonnay de voir de douleur abbatu
Ce cœur ſi genereux, ſi remply de vertu,
Ce cœur, qui d'vn beau coup vous faiſoit à la chaſſe
D'vn lyon irrité dompter la fiere audace :
Ie fus, ie le confeſſe, auſſi-toſt confirmé
Au ſoupçon que j'auois que vous l'auiez aymé.
En ſuite vne rumeur fut par l'Iſle eſpanduë,
Qu'on ne vous trouuoit point, que vous eſtiés perduë;
Et ſçachant voſtre cœur à l'amour aſſeruy,
Auſſi-toſt je jugeay que vous l'auiez ſuiuy.
Aux reproches ſoudain contre vous ie m'emporte,
De m'auoir meſpriſé pour vous ſeruir d'eſcorte :
Puis le ſoin de vous ſuiure emportant mon courroux,
Ie m'embarque à l'inſtant, pour courir aprés vous.
En deux jours je paſſay toute l'onde Atlantique;
l'abborde en terre ferme, & cours toute l'Afrique;
Mais plus ſoigneuſement le malheureux climat,
L'infame Numidie où naſquit cét ingrat.
Là je ſceus que Syphax, allié de Cartage,
Auoit pour vn ſecours enuoyé ce volage.
Dans Cartage j'appris qu'il eſtoit en ces lieux:
I'y vins, & ce perfide enfin s'offre à mes yeux.
Alors pour le plus ſeur je voulus vous attendre,
Croyant qu'en le cherchant vous pourriez vous y rendre.
Mais ſur ſes actions je veillay peu de jours,
Que j'appris du trompeur les nouuelles amours.

HYANISBE.

Tay-toy, je ſçay le reſte : appren mon auanture,
Il eſt vray, je l'aymois, cét ingrat, ce parjure.
Mais du deſpit que i'eus pour vn ſi laſche tour,
Alors qu'il me quitta, ie quittay ſon amour.

Ie n'auois pas appris dedans mon Iſle heureuſe,
Combien la foy Punique eſt choſe dangereuſe.
Donc je conſideray ſes ſermens violez,
Son depart ſans adieu, tant de vaiſſeaux brulez :
Mais je ne pûs ſouffrir que pour perdre ma gloire
L'impudent ſe vantaſt d'vne fauſſe victoire;
Et qu'il eut publié qu'il alloit s'eſloigner,
Ayant gagné de moy ce qu'il vouloit gagner.
Soudain je ſentis naiſtre en mon noble courage
Vn violent deſir de venger cét outrage ;
Et d'vn contraire feu la hayne me brulant,
Il faut, ce dis-je alors, punir cét inſolent.
Venge-toy, trop credule, ou romps tes deſtinées :
Venge le deshonneur des Iſles fortunées ;
Du ſejour bien-heureux, où juſques aujourd'huy
L'on n'auoit veu jamais d'autre trompeur que luy.
Ta main te ſuffira. Soudain je me deſguiſe;
Ie m'embarque, & ne prens pour eſcorte qu'Eliſe.
Ie fay tout le chemin que tu m'as raconté.
A la fin je me rens deuant ceſte cité.
I'ay veu que des Romains elle eſtoit inueſtie.
I'ay ſceu que Garamante auoit fait la ſortie;
Mais ne pouuant ſi toſt entrer dedans ce lieu,
I'ay veu ce Scipion, ce jeune demy-Dieu,
Ce courtois Empereur, en qui le Ciel amaſſe
La valeur, la beauté, la ſageſſe, & la grace.
I'ay dit, eſcoute-moy, vaillant chef des Romains :
Promets de me remettre vn traiſtre dans les mains,
Si tu peux en vainqueur entrer dans ceſte ville,
Et je te vouë vn bras qui te peut eſtre vtile.
A peine à mon deſir s'accordoit l'Empereur,
Qu'on luy vient preſenter ma haine & mon horreur:

D iij

 # SCIPION.

C'estoit, le croirois-tu, mon traistre Garamante.
Scipion, a-t'il dit, ceste place importante
Sera sous ton pouuoir dans vne heure au plus tard,
Si tu veux du butin me donner vne part.
Sa demande accordée, alors il continuë.
Maintenant que la mer vers les murs diminuë,
On les peut approcher n'ayant l'eau qu'aux genoux:
Ils ne sont point gardez, & sans donner de coups
Vous prendrez cét endroit, dont ils n'ont point de crainte.
Doncques sous ma conduite entreprenez sans feinte.
Ie vous garantiray de tous les accidens;
Et lors que vous serez possesseur du dedans,
Vous me ferez present d'vne beauté que j'ayme.
Ah! traistre, double traistre, ay-je dit en moy mesme;
Et traistre à ton païs, & traistre à mon amour;
Qui me doit empescher de te priuer du jour?
Ie voulois de ma main le punir tout à l'heure:
Toutefois attendant l'occasion meilleure,
Et voyant Scipion approuuer son aduis,
Luy donner des Soldats, je les ay tous suiuis.
Ce Chef pour son dessein en mesme temps ordonne,
Que des autres costez vn grand assaut se donne;
Ainsi sans estre veus, nous sommes tous entrez,
Et sans estre d'aucuns jusqu'icy rencontrez.
Mais, Aspar, c'est assez; suiuons ce Garamante,
Qui se croit loin de nous, prest d'auoir son amante.
Allons, allons venger sur ce Numidien,
L'honneur de mon païs, & la honte du sien.

ASPAR.

Vostre cholere est juste, il faut punir ce traistre.

SCENE SIXIESME.

SCIPION ET SES SOLDATS.

Graces aux immortels, doncques j'en suis le maiftre.
Ce fuperbe arcenal, de tant d'armes fourny,
Seruira pour dompter ceux qui l'auoient muny;
Et je penfe, animé d'vn efprit prophetique,
Prendre dans Cartagene, & l'Efpagne, & l'Afrique.
Tant d'illuftres captifs, d'armes & de trefors,
Seront dés auiourd'huy le prix de nos efforts.
Mais penfe, Scipion, dans ton heur, à ta gloire;
Et fçache noblement vfer de la victoire.
Compagnons, faifons voir à ce peuple eftranger,
Que c'eft fous la vertu qu'ils fe doiuent ranger;
Et faifons publier par ceux de Cartagene,
La valeur, la fageffe, & la douceur Romaine.
L'Efpagne qui gemit fous vn double pouuoir,
Doute encore quel maiftre elle doit receuoir.
Monftrons quelle vertu nos armes accompagne,
Et prenant Cartagene acquerons-nous l'Efpagne.
Nous pouuons de nos bras efpargner les efforts;
Et gagnant tous les cœurs, nous aurons tous les corps.
Vous, dont les legions eftiment la fageffe,
Martian, moderez la plus prompte jeuneffe.
D'vne ardeur infolente empefchez les rigueurs.
Ayez foin des vaincus, j'auray foin des vainqueurs.

MARTIAN.

Genereux Empereur; ſçachez que voſtre armée
De vos ſeules vertus ſemble toute animée:
Celuy que la fureur commence d'eſmouuoir,
Si toſt qu'il penſe à vous, rentre dans ſon deuoir.

SCIPION.

Ayez ſoin des captifs: les vainqueurs doiuent croire
Qu'en domptant leurs deſirs ils ont double victoire.
Cependant il nous reſte vn aſſaut à donner.
C'eſt là que nos trauaux ſe doiuent couronner.
Romains, gagnons le fort, & que nul ne s'engage
Dans le laſche deſſein de courir au pillage.

SOLDAT ROMAIN.
Suiuons noſtre Empereur.

SCENE SEPTIESME.

ORCADE SORTANT DV TEMPLE, SOLDATS ROMAINS, OLINDE AVSSI SORTANT DV TEMPLE.

ORCADE.

Quel bruit ay-je entendu?
SOLDAT ROMAIN.
Au fort, Romains, au fort.

ORCADE.

ORCADE.

Helas! tout eft perdu.

Madame!

OLINDE.

Qu'eft-ce donc?

ORCADE.
Les Romains dans la ville.

OLINDE.

O Dieux! ah! malheureufe, ou fera ton afyle?
Princeffe infortunée, ah! comment pourras-tu
Du vainqueur outrageux garentir ta vertu?
Helas! du doux efpoir dont l'on t'auoit flattée,
En quel gouffre de maux es-tu precipitée?
O Ciel, par tant de vœux imploré vainement,
Sauue au moins mon honneur, & fauue mon amant.
Pauure Prince, ah! fans doute il eft mort à cefte heure;
Seule en proye aux malheurs maintenant je demeure.

ORCADE.
Ah! fauuez-vous, Madame.

OLINDE.

Helas! ou me fauuer?
Quel lieu de feureté pourray-je icy trouuer?

ORCADE.

Ce temple nous fuffit: ces lieux font des afyles.

OLINDE.
Quoy? ce temple ou j'ay fait tant de vœux inutiles?

E

Ce Temple, dont les Dieux fans force ou fans pitié,
Font voir tant de foiblesse, ou tant d'inimitié ?

ORCADE.

La puiſſance des Dieux, des hommes adorée,
Bien plus par les vainqueurs doit eſtre reuerée.

OLINDE.

Helas ! pour arreſter l'ardeur des conquerans,
Les images des Dieux font de foibles garans.
Les vainqueurs ont pour eux les Deïtez celeſtes,
Pour les triſtes vaincus tous les lieux font funeſtes.

ORCADE.

Renfermez-vous au moins dedans voſtre maiſon.

OLINDE.

Ie perds en cét effroy l'eſprit & la raiſon.
Mais cherchons Lucidan, courons vers les murailles.
Ie veux de mon treſpas orner ſes funerailles.

ORCADE.

Ah ! demeurez, Madame, arreſtez ce tranſport.

OLINDE.

Orcade, laiſſe-moy, je veux ſuiure ſon ſort.

ORCADE.

Penſez pluſtoſt à vous ſans tant d'inquietude.

OLINDE.

Mais d'où vient ce ſilence & ceſte ſolitude ?

Nul ne paroiſt icy, ny vaincu, ny vainqueur.

ORCADE.

Ils ſont tous vers le fort.

OLINDE.

Cher ſoucy de mon cœur,
Tandis que ceſte treue eſt encore donnée,
Vien reuoir, ſi tu vis, Olinde abandonnée:
Fais-toy voir à mes yeux, & me viens ſecourir.
Ah! ceſſe d'eſperer, Olinde, il faut mourir.
Foible & triſte Vertu, qu'as-tu pour te deffendre?
Les Dieux ne veulent point, ou ne peuuent t'entendre;
Et le Sort inſolent, malgré les eternels,
Traitte les innocens comme des criminels.
Pluſtoſt qu'eſtre expoſée aux fureurs de la guerre,
Maintenant que ne ſuis-je au centre de la terre?
Si ie ſuis innocente, ô Sort, quelle eſt ta loy?
Et ſi ie ſuis coupable, ô Dieux, foudroyez-moy.

ORCADE.

N'irritez point les Dieux.

OLINDE.

Il eſt vray, chere Orcade;
I'ay tort, & ma fureur rend mon eſprit malade.
I'ay tort de murmurer contre les Deïtez:
C'eſt noſtre vnique eſpoir dans les aduerſitez.
Chaſte ſœur d'Apollon, pardon, pure deeſſe,
Diane, c'eſt à toy que ma plainte s'addreſſe.
Vien ſauuer mon honneur de la fureur de Mars:
Vien, pour le conſeruer parmy tant de hazards,

E ij

M'infpirer ce qu'il faut d'efprit & de courage;
Ou vien m'enueloper de l'ombre d'vn nuage.
Vien auec elle, Amour, te joindre à mon cofté:
Puis que mon feu s'accorde auec la chafteté.
Tous deux, l'arc en la main, de vos traits redoutables
Chaffez des infolens les ardeurs deteftables.
Mais quoy? pour m'affifter il me fuffit d'vn Dieu;
I'ay befoin de fecours encor en autre lieu:
Sauuez mon Lucidan, la gloire de noftre aage;
Qu'entre deux Déïtez tout ce foin fe partage:
L'vn fauue mon honneur, & l'autre mon efpoux.

ORCADE.

I'entens du bruit, Mádame, helas! fongez à vous.
Demeurer en ce temps au milieu de la ville?

OLINDE.

Regagnons le logis, ton confeil eft vtile;
Là je pourray me rendre arbitre de mon fort.
Ou reuoir Lucidan, ou me donner la mort.

FIN DV SECOND ACTE.

SCIPION.

ACTE TROISIESME.

SCENE PREMIERE.

GARAMANTE, OLINDE.

GARAMANTE SEVL.

BIEN qu'il fut mon riual, sa valeur, ie l'auouë,
Dans vn tel desespoir merite qu'on la louë :
Ayant à souftenir contre les plus ardans,
Et l'effort du dehors & celuy du dedans.
Mais ie croy que son ame est au royaume sombre,
Ou qu'au moins des captifs il augmente le nombre.
Vn seul point maintenant me reste à desirer,
C'est de trouuer Olinde, & de m'en asseurer,
Auant que des Romains la troupe furieuse
Iette sur le butin la main victorieuse.

E   iij

Elle n'ouurira point sinon en l'abusant.
I'ay veu son beau trauail dont elle a fait present,
L'escharpe, & sur ce mot il faudra qu'elle croye
Que Lucidan vers elle en ce trouble m'enuoye.
Ouurez, c'est Garamante.

OLINDE PARLANT DV BALCON.

Ah ! qu'est-ce que j'entens?

GARAMANTE.

Madame, descendez, ne perdez point de temps.
Venez & me suiuez ; si vous auez enuie
De sauuer vostre honneur, auecques vostre vie.

OLINDE.

Lucidan est-il mort?

GARAMANTE.

Non, chassez vostre ennuy.

OLINDE.

Ie suiuray Lucidan, mais nul autre que luy.

GARAMANTE.

Ce vaillant Prince encore est maistre d'vne porte,
Et me renuoye icy pour vous seruir d'escorte :
Tout est perdu, tout cede à la fureur des coups ;
Il a ses cheuaux prests, & n'attend plus que vous.

OLINDE.

Dur combat de mon ame ! Olinde infortunée,
A quoy te veut garder ta dure destinée?

Helas, cher Lucidan, de peur d'vn plus grand mal,
Seray-je donc reduite à fuiure ton riual?

GARAMANTE.

Madame, haftez-vous, le peril eft extrefme.
Ie crains pour voftre honneur bien plus que pour moy-mefme.
Ne me redoutez point, je cede à la raifon :
Par elle mon amour reçoit fa guerifon.
Si ie puis vous fauuer de quelque violence,
Le bien de vous feruir m'eft trop de recompenfe.
Sçachant qu'à Lucidan voftre cœur eft promis,
I'ay voulu deformais eftre de fes amis.
Au moins ne croyez pas, Princeffe, que je feigne,
L'efcharpe, pour me croire eft le mot & l'enfeigne.

OLINDE.

Peut eftre qu'il me trompe, & de peur je fremy:
Mais fuiuons vn amant, pluftoft qu'vn ennemy.
Garamante eft vaillant; vne ame genereufe
Au fexe eft fecourable, & non pas dangereufe.
Verray-je Lucidan? m'en donnez-vous la foy?

GARAMANTE.

Oüy, je jure les Dieux.

OLINDE.

O Dieux, affiftez-moy.
Allons donc, ie vous fuy.

GARAMANTE.

Pour faire ouurir la porte,
Il falloit amufer fon efprit de la forte.

OLINDE DEHORS.

Orcade fuiuez-moy.

GARAMANTE.

　　　　　　　Ie change de difcours.
Belle Olinde, efcoutez l'effect de mes amours.
Sçachez qu'ils ont caufé le malheur de la ville.
Voyant que ie brulois d'vne ardeur inutile,
Que l'heureux Lucidan vous eftoit deftiné,
Que de tous, dans mes feux, i'eftois abandonné,
En mon extreme mal, l'amour qui me poffede
M'a confeillé d'vfer d'vn extreme remede.
I'ay cherché Scipion, mais auec cefte loy
Qu'en luy liurant la ville, il vous liuraft à moy.
Scipion dans ces murs eft maintenant le maiftre,
Et vous eftes à moy.

OLINDE.

　　　　　　　Quoy? ie fuis à toy? traiftre,
Traiftre, ie fuis à toy? comble de mes douleurs!
Quoy? mon efprit fecond à feindre des malheurs,
Dans la plus grande horreur d'vn fac efpouuantable
N'auoit peu conceuoir vn mal fi deteftable.
Quoy? ie ferois à toy? pluftoft, monftre enragé,
Dans ton perfide fang ce fer fera plongé;
Ce fer, qui doit verfer mon ame toute pure,
Deliurera ton corps de la tienne pariure.
Va, des Roys Afriquains le reproche eternel.

GARAMANTE.

L'excez de mon amour me rend donc criminel?

Pour

SCIPION.

Pour eſtre trop fidelle, on m'appelle perfide?
Frapez ce malheureux, frapez, belle homicide,
Rendez tous vos amans jaloux de mon treſpas;
Mais au moins, ſans m'ouïr, ne me condamnez pas.
Quoy? l'on vous donne à moy pour le prix d'vne ville,
De mon heureux Riual le fauorable aſyle,
Ou, ſimple, je ſeruois mes ennemis couuers?
I'euſſe, pour vous auoir, vendu tout l'Vniuers.
Pluſtoſt que de vous voir à mes flames rauie,
I'euſſe de mes Parens abandonné la vie,
Des Dieux & des humains tous les droits violez.
Vous ne ſçauez donc pas le prix que vous vallez?

OLINDE.

Deteſtable fureur de feux illegitimes!
Va, ne me preten pas pour le prix de tes crimes.
Conſidere, inſenſé, l'honneur que tu me fais,
D'eſperer mon amour à force de forfaits.
A la ſeule vertu la vertu s'abandonne.
Ainſi pouuois-tu plaire à quelque Tyſiphone.
Ne te doy-je donc point rendre grace à genoux?
D'auoir rompu ta foy, fait mourir mon eſpoux,
Rendu ceſte Cartage vne Scene tragique,
Et remply de malheurs & l'Eſpagne & l'Afrique?
Peſte de ton Païs, & l'horreur des humains,
Vn autre prix que moy t'eſt deu par les Romains.
Oſte toy de ma veuë, infame Parricide,
Infecte d'autres lieux de ta rage perfide.

GARAMANTE.

Plus je cauſe de maux, plus je pretens d'honneur:
Au prix de ces malheurs j'achepte mon bon-heur.

Quoy donc? Rome & Cartage, en se faisant la guerre,
Pourront bien, pour regner, troubler toute la terre,
Et je n'oseray pas pour mon affection,
Ce qu'elles oseront pour leur ambition?
Donc elles pourront bien ruiner tant de Princes,
Bruler mille citez, rauager cent Prouinces,
Et je n'oseray pas, n'ayant autre recours,
Immoler vne ville à l'heur de mes amours?
La force & l'artifice ont sur tout l'auantage:
Toute chose icy bas entr'eux deux se partage:
En la guerre, en l'amour, tout succombe aux efforts
Des esprits les plus fins, ou des bras les plus forts.

OLINDE.

Mais toute la Noblesse, ou Punique, ou Romaine,
Sacrifie à l'Estat & sa vie & sa peine:
L'honneur de leur Païs est leur souuerain bien;
Et ta noire fureur deshonore le tien;
Tu le perds, tu le vends; & te rendant infame
Tu portes dans l'Afrique & le fer & la flame.

GARAMANTE.

Mon Païs ne m'est rien, de vous estant vainqueur.

OLINDE.

O! le noble moyen, pour vaincre vn noble cœur!
Alors que tu fis voir tes trahisons escloses,
Pour ne rien acquerir tu perdis toutes choses,
Ton Païs, ton honneur, ton repos pour jamais:
Perfide, oseras-tu voir le iour desormais?
Cherche, cherche la mort de toutes la plus prompte.
Quel antre assez obscur pourra cacher ta honte,

Des Afriquains l'horreur, des Romains le mespris?

GARAMANTE.

De tout ce que ie perds vous en serez le prix.
Vous serez mon Païs, mon honneur, ma loüange.
Pour vous seule, mon cœur donne tout en eschange.
Ie seray trop content en viuant auec vous;
Et mon bon-heur encor fera trop de jaloux.
Les heureux sont tousiours jugez les plus habiles.
Mais je perds trop de temps en discours inutiles.
Vous estes mienne, Olinde, ou de force, ou d'amour.

OLINDE.

Plustost d'vn coup mortel je vay perdre le jour.

SCENE SECONDE.

LVCIDAN, OLINDE, GARAMANTE, ORCADE.

LVCIDAN.

ME voicy donc à temps : ceste main vengeresse,
Payant tes trahisons, sauuera ma Princesse.

OLINDE.

Ah, Dieux! c'est Lucidan.

LVCIDAN.

Sorty de mille mains,
Malgré ta perfidie, & malgré les Romains,
Me voicy pour punir ta damnable furie;
I'immoleray ton sang au sang de ma Patrie.

GARAMANTE.

Ne te vante point tant & repren tes esprits.
Olinde est du combat le tesmoin & le prix.

LVCIDAN.

Apres tes laschetez as-tu quelque courage?

GARAMANTE.

Appelle, si tu veux, ma valeur vne rage;
Pren garde si ie suis vn mauuais combattant.

OLINDE.

Dieux! aydez la vertu.

LVCIDAN.

Tu recules, pourtant.

SCENE TROISIESME.

OLINDE, ORCADE.

OLINDE.

QVE je crains des combats la fortune diuerse,
Il cede, & Lucidan de ses coups le renuerse.

ORCADE.

Mais j'entens des Romains venir vers ceſte part.
Rentrons dans la maiſon, noſtre honneur court hazart.

OLINDE.

Mon honneur, mon Amour, helas! que doy-je faire?
Chacun me tire à ſoy d'vn mouuement contraire.
Laiſſeray-je vn amant ardent à me venger?
Mais laiſſeray-je auſſi mon honneur en danger?
Depuis quand, mon amour, es-tu ſi miſerable,
Que tu ſois de l'honneur deuenu ſeparable?
Mon cœur, ſeparons-nous en ce triſte moment.
Laiſſe ſauuer l'honneur, vole apres mon amant.
A quoy doncques faut il que mes pieds obeïſſent?
Mon cœur & ma raiſon l'vn l'autre ſe trahiſſent.
Quoy? je ſuis incertaine en ce lieu hazardeux?
Et ne fais aucun choix en voulant tous les deux.
Ma pudeur, mon Amant, helas! helas! ie tremble.
En voulant tout ſauuer, nous perdrons tout enſemble.

ORCADE.

Garamante reuient. Madame, ſauuons-nous.

OLINDE.

Il reuient! c'en eſt fait, j'ay perdu mon Eſpoux.

SCENE QVATRIESME.

GARAMANTE ，HYANISBE， ASPAR，

ELISE.

GARAMANTE.

IL ne peut efchaper, les Romains l'enuironnent :
Mais fuiuons le confeil que nos defirs nous donnent.
Affeurons-nous d'Olinde, & faifons par douceur
Qu'elle fuiue fans peine vn jufte poffeffeur.
Mais je perds tout mon fang. Vne mortelle glace.

HYANISBE.

En fin je l'ay trouué.

GARAMANTE.

　　　　　M'arrefte en cefte place ;
Et l'horreur de mon crime, errant deuant mes yeux,
Me fait voir à regret la lumiere des Cieux.
I'abhorre ta fureur, trahifon inutile,
A moy-mefme fatale autant qu'à cefte ville.

HYANISBE.

Efcoutons.

GARAMANTE.

Qu'ay je faict ? puifque par mon deftin.
Olinde va d'vn autre eftre l'heureux butin ?

Funeste trahison, à l'Espagne, à l'Afrique,
Qui mettra ma memoire en la haïne publique.
Les coups qui m'ont percé se font bien moins sentir
Que les coups que me donne vn cuizant repentir.
Ie meurs plein de regrets, dans vne rage extréme,
Detestable aux humains, detestable à moy-mesme.
I'ay trahy mon honneur, ma vie, & mon Païs.

HYANISBE.

Traistre, conte tous ceux que ton ame a trahis.

GARAMANTE.

Dieux! que voy-je?

HYANISBE.

Entre tous conte moy la premiere.
Sans ceste trahison ta foy seroit entiere.

GARAMANTE.

Hyanisbe est-ce vous?

HYANISBE.

As tu peu retenir
Mon visage & mon nom dedans ton souuenir?
Peste de l'Vniuers, qui semes les disgraces,
La ruïne, & l'horreur, quelque part où tu passes.
Oüy, tu vois Hyanisbe; & contre ton espoir
Tu vois ce que jamais tu ne pensois reuoir.
Mais, trop vain, ne crois pas que l'amour m'accompagne;
L'ardeur de me venger m'a conduite en Espagne;
Cherchant en mille lieux ce qui m'est en horreur :
Mais j'ay pris ce trauail, pour punir mon erreur

Trop simple d'auoir creu tes paroles pressantes,
Sources du premier crime aux Isles innocentes.
Et si le iuste Ciel n'a preuenu mon bras.

GARAMANTE.

Ah! laissez-moy mourir.

HYANISBE.

Oüy, traistre, tu mourras :
Ce sera de ma main, si ce n'est de tes playes :
Mais auant que mourir, ie veux que tu me payes
Tous les traits douloureux que tu me fis sentir,
Quand ton perfide cœur t'obligea de partir.
Au moins, cœur sans pitié, cœur plus dur que les roches,
Sois sensible à tes maux, meurs parmy les reproches.
Te donne encor le Ciel vn reste de momens,
Pour souffrir cent remors de cent lasches sermens,
Auant qu'aux noirs Enfers les tristes Eumenides
Te donnent les tourmens ordonnez aux Perfides.

GARAMANTE.

Ah! laissez-moy vous dire vn adieu pour iamais.

HYANISBE.

Tu sçays donc dire adieu?

GARAMANTE.

Dieux! que ie meure en paix.

HYANISBE.

En paix? pourquoy, cruel, ne m'y laissois-tu viure?
Pourquoy de telle ardeur me venois-tu poursuiure?

A quoy

A quoy tant de difcours, de foupirs & d'appas,
Pour acquerir vn bien que tu ne voulois pas?
Alors par vne amour, ou feinte, ou languiffante,
Tu jettois de vrays feux dans mon ame innocente;
Tu troublois mon repos, traiftre, tu le fçays bien:
Tu te plains maintenant que je trouble le tien.
Oüy, je le veux troubler; & c'eft pour cefte guerre
Que fans peur i'ay pafsé tant de mer & de terre.

GARAMANTE.

Ah! que i'ay de douleurs!

HYANISBE.

                    Ah! que j'ay de plaifirs!
Doux fruit de mon voyage! heur de tous mes defirs!
Le fauorable Ciel a donc oüy mes plaintes:
Tu fens de mes propos les cuifantes attaintes.

GARAMANTE.

Mais, Hyanifbe, enfin, que vous ay-je emporté?

HYANISBE.

Tu ne pûs, il eft vray, vaincre ma pureté.
Et bien que dans mon Ifle, & dans la Numidie,
Employant le menfonge apres la perfidie,
Ton impudence vaine ayt triomphé de moy,
Tu fçays que la vertu fut mon vnique loy.
Des refus defguifez je ne fceûs point l'vfage.
Sans le fecours de l'art Nature me fit fage.
Que fi de ma pudeur i'euffe perdu l'efclat,
Iamais je n'euffe erré dans vn autre climat:

Moy-mefme, fans furuiure à ma honte infinie,
Et fans plus te chercher je me fuffe punie.
Toy feul de ton honneur as le luftre terny,
Doncques le criminel doit feul eftre puny.
Par tes humbles douceurs, par ton traiftre langage,
Tu defrobas mon cœur, tu n'eus rien dauantage :
Tu penfois l'emporter, de nos Ifles vainqueur :
Mais vn noble defpit m'a fçeu rendre mon cœur.

GARAMANTE.

En fin je fuis vn traiftre, hé bien, je le confeffe.

HYANISBE.

Tu le fçays, mais je veux te le dire fans ceffe.
Traiftre, ce nom te cuit: traiftre, le fens tu bien ?
Ton difcours fit mon mal, mon difcours fait le tien.
Mais pour tes faux propos, mes paroles font vrayes.
Tu dois mourir de rage, & non pas de tes playes.
Sçache, c'eft deformais ta hayne que je veux :
Enfante contre moy de deteftables vœux :
En mots iniurieux change ta trifte plainte :
Tu feignis de m'aymer, mais haï moy fans feinte.
Si ta fauffe amitié fit naiftre mon tourment,
Ta hayne veritable eft mon foulagement.

GARAMANTE.

O rigueur importune !

HYANISBE.

O bouche criminelle !
Ainfi nomme vn voleur la Iuftice cruelle.

Mais quel eſt ton eſpoir ? quand je t'aurois quitté,
Crois-tu te voir ailleurs moins rudement traitté ?
Eſt-il endroit au monde ou s'ignorent tes crimes?
Pretens-tu du repos dans les triſtes abymes?
Tout te deteſte icy; là bas en cét inſtant
Deſia Minos eſt preſt, ton ſuplice t'attend;
Et quand tu ferois ſeul juſqu'au ſoupir extreſme,
Tu ferois ſans pitié le bourreau de toy-meſme :
Mais des maux que tu ſens auant que de mourir,
Ie n'en ayme que ceux que je te fay ſouffrir.
Entens tes beaux ſurnoms, traiſtre, peſte publique,
Monſtre le plus cruel qu'ait engendré l'Afrique.

ASPAR.

Dans l'ombre de la mort ſes yeux ſemblent noyez.

ELISE.

Ah ! Madame, il ſe meurt.

HYANISBE.

   O Dieux ! vous le croyez ?
Non, il n'expire pas, c'eſt la ruſe du More:
Dans les bras de la mort le trompeur feint encore.
Ne pouuant plus ſouffrir vn ſi preſſant ennuy,
Le traiſtre fait le mort, pour m'eſloigner de luy.
Mais je le pourſuiuray juſques à tant qu'il meure.

ASPAR.

Voyons ſi de chaleur vn reſte luy demeure.

HYANISBE.

Retirez-vous, Aſpar, ah ! ne le touchez pas :
Qu'il nous ſoit en horreur, meſme apres ſon treſpas.

Iamais le Ciel ne manque à venger l'Innocence:
En monstrant sa iustice il monstre sa puissance.
Pouuoit-il, en l'offrant à mon iuste courroux,
Estre pour luy plus rude, estre pour moy plus doux?

SCENE CINQVIESME.

PHORBAS, HYANISBE, ASPAR, ELISE.

PHORBAS.

Mais en vain je le cherche, il est hors des murailles.

HYANISBE.

Ie vous cognois, venez faire ses funerailles.
Il sortit de chez moy par vne trahison,
Son ame par vne autre a laissé sa prison.

PHORBAS.

O Dieux! c'est Hyanisbe. Helas! voy-je mon maistre?

HYANISBE.

Trop fidelle escuyer, pour vn Prince si traistre.

PHORBAS.

Quel spectacle! mon maistre. Ah! que i'ay de douleur!
Il le faut emporter, il a quelque chaleur.

HYANISBE.

Ah! bons Dieux, que ie sens mes douleurs soulagées!
Mes Isles, mes Amours, vous estes bien vengées.

FIN DV TROISIESME ACTE.

SCIPION.

ACTE QVATRIESME.

SCENE PREMIERE.

LVCIDAN.

DONC, encore vne fois, & par force & par rufes,
l'ay franchy des Romains les brigades confufes.
Ie puis chercher Olinde, & luy donner fecours
Iufqu'au dernier moment de mes malheureux jours.
Dieux, que je meure aux pieds de celle que j'adore,
Si de nos ennemis nul ne l'a prife encore.
Toutesfois, Immortels, je vous veux reclamer :
Pour le moins d'entre vous ceux qui fceurent aymer:
Affiftez deux amans; & par quelques miracles
Faites que du malheur ils domptent les obftacles.
Mais la force me manque, & du fang que je pers,
Et de l'effort des coups & donnez & foufferts.

G iij

O foibleſſe importune, au moins ſouffre, traiſtreſſe,
Que je baiſe en mourant les pas de ma Princeſſe.
I'eſtois preſt de la voir : comment le cruel ſort
S'eſt pleu juſqu'à ce temps à ſuſpendre ma mort?
Eſcharpe, beau trauail d'vne main adorable,
Pardon ſi ie te teins de mon ſang miſerable;
Excuſe mon malheur, doux & riche preſent,
Et ſouffre que je meure au moins en te baiſant.

SCENE SECONDE.

OLINDE, LVCIDAN, ORCADE.

OLINDE DV BALCON.

LA voix de Lucidan arriue à mes oreilles.
O Dieux !

LVCIDAN.

Ah ! je reuoy ces diuines merueilles.

OLINDE.

A ce ſenſible objet pourrois-je reſiſter?
Sortons, ah ! ma raiſon, ie ne puis t'eſcouter.

LVCIDAN.

Mais ſoudain ce bel aſtre, autrefois fauorable,
Refuſe ſes rayons à mon ſort miſerable.
Quel reconfort me reſte au point de mon treſpas?

OLINDE SORTANT.

Au moins, cher Lucidan, ſans moy ne mourez pas.

LVCIDAN.

Ie vous voy donc encor, lumiere de ma vie.

OLINDE.

Helas !

LVCIDAN.

De quel repos ma mort fera fuiuie,
Si dans les champs heureux ie me fouuiens là bas
D'auoir eu le bon-heur d'expirer en vos bras ?
Douce fin de mes iours, Parque trop fauorable,
D'auoir conduit ma trame à ce point defirable.
Nul donc ne m'a fceu vaincre, & ie quitte le iour,
Malgré l'effort de Mars, dans le fein de l'Amour.
Princeffe, mes defirs, cheriffez ma memoire :
Ie meurs en voftre fein, plein de joye & de gloire.
Ne venez point troubler mon heur par vos ennuis.
Dites-moy donc adieu. Parlez-moy.

OLINDE.

Ie ne puis.

LVCIDAN.

Olinde, à mon repos ne portez point d'enuie.

OLINDE.

Ah ! la douleur m'eftoufe & la voix & la vie.
Mais que fay-je, imprudente ? Orcade, du fecours.
Peut eftre n'eft-il pas à la fin de fes iours.
Cherche quelque remede vtile à fes bleffeures :
Tant de troubles, d'efforts, de triftes auantures,

Ont fans doute efpuisé la force de fon cœur:
De l'eau pour r'animer fa mourante langueur.
Lucidan, de mes jours & la gloire & la joye,
Quoy doncques, aux Romains tu me laiffes en proye?
Tu m'abandonnes donc à la mercy de tous?
Parle à moy, Lucidan, parle à moy, cher Efpoux.

LVCIDAN.

Olinde, oüy, je reuiens. I'ay bien fenty vos larmes.
La mort refpecte encor le pouuoir de vos charmes.
Ie reuiens, ma Princeffe, auant que de mourir,
Plus pour vous dire adieu, que pour vous fecourir.
Ne pouuant vous feruir, je ne fçaurois plus viure.

OLINDE.

Hé bien , fi vous mourez, voicy dequoy vous fuiure.

LVCIDAN.

Les derniers de vos jours ne font pas arriuez.
Arreftez ce tranfport, chere Olinde, viuez;
Et monftrant d'vn grand cœur la force non commune,
Attendez le retour de la bonne fortune.
Voftre beauté diuine, & voftre noble fang,
Vous maintiendront toufiours en vn illuftre rang.
Pour Garamante, au moins fa mort eft affeurée.
Ie croy que cefte main vous en a deliurée.
C'eft tout ce que j'ay peu: pour le chef des Romains,
Ie ne puis vous garder de tomber en fes mains.

OLINDE.

Ie fçauray bien mourir, foit libre, foit captiue,
Et ne feray qu'à vous quelque fort qui m'arriue.

LVCIDAN.

LVCIDAN.

Toutefois Scipion merite bien vn cœur:
Il eſt beau, jeune, noble, & courtois ; & vainqueur.
Si de vous poſſeder il n’auoit pas la gloire,
Il n’auroit pas ſur nous vne entiere victoire.
A ſa priſe il joindra l’honneur d’auoir domté
De ce grand Vniuers la plus grande Beauté.

OLINDE.

Ah ! de tous mes malheurs voicy le plus horrible.
Quelle attainte à mon cœur peut eſtre plus ſenſible ?
Quoy doncques, Lucidan a bien peu ſoupçonner,
Que jamais ſon amour me puiſſe abandonner ?
Puiſque de tant de maux ma fortune eſt ſuiuie,
Pour guerir ces ſoupçons abandonnons la vie.
Vien, ſecourable mort, vien de tes froids glaçons,
En eſteignant mes jours, eſteindre ces ſoupçons.

LVCIDAN.

Ah ! dieux ! n’eſteignez pas ces charmes adorables,
Qui trouueront touſiours les vainqueurs fauorables.

OLINDE.

Rien, pour vous aſſeurer, ne me doit retenir.
I’attendois à vous ſuiure, il vous faut preuenir.

LVCIDAN.

Non, je ne puis en vous craindre de l’inconſtance.
Du vainqueur ſeulement je craignois la puiſſance.

H

OLINDE.

Les vainqueurs sur les morts n'auront plus de pouuoir.

SCENE TROISIESME

LVCIDAN, OLINDE, SOLDATS ROMAINS,

ORCADE

LVCIDAN.

AH! Princesse.

SOLDAT.

Ah! Madame, à quoy ce desespoir?

OLINDE.

O malheur!

SOLDAT.

O beauté du monde la plus rare.

LVCIDAN.

Helas! ce n'est donc pas la mort qui nous separe?

AVTRE SOLDAT.

Voicy le seul butin digne de l'Empereur.

LVCIDAN.

Ah! mourons à ce coup.

SOLDAT.

Chassez ceste fureur.

Mais voicy ce Guerrier, dont l'extreme vaillance
A tenu si long-temps la victoire en balance.

ORCADE.

Que voy-je?

OLINDE.

Vien, Orcade, & pour nous secourir,
Donne-luy dequoy viure, à moy dequoy mourir.

SOLDAT.

Cherchons à ces captifs des retraittes plus seûres.

AVTRE SOLDAT.

Allons en autre lieu pour penser vos blessures.

LVCIDAN.

La mort est de mes maux la seule guerison.

SOLDAT.

Donnez-luy pour luy pour repos la prochaine maison,
Tandis qu'à l'Empereur nous menons la Princesse,
Digne de sa valeur, digne de sa noblesse.

LVCIDAN.

O sensibles propos!

OLINDE.

Ah! plustost le trespas.

SOLDAT.

Allons, Madame.

OLINDE.

Hé Dieux ne nous diuisez pas.

AVTRE SOLDAT.

Il le faut.

LVCIDAN.

Ah ! je meurs.

OLINDE.

O cruauté barbare !

LVCIDAN.

Olinde.

OLINDE.

Lucidan.

LVCIDAN.

Quel destin nous separe ?

OLINDE.

Cher Espoux, je suis tienne : asseure, asseure-toy,
Que sans tache là bas j'emporteray ma foy.

SCENE QVATRIESME.

LVCIDAN, SOLDATS ROMAINS.

LVCIDAN.

AH ! rendez ma Princesse. ô fureur inhumaine !
Voylà de beaux exploits pour la valeur Romaine.

A quel excez de rage estes-vous paruenus ?
Vous n'estes point sortis du doux sang de Venus.
Maintenant je puis croire, en voyant ceste audace,
Qu'vne louûe allaitta l'autheur de vostre race.

SOLDAT.

Il faut tout endurer.

LVCIDAN.

O Soldats valeureux,
Forts par la trahison, aux femmes dangereux,
Ie cognois maintenant l'ardeur qui vous domine:
Non, ce n'est point valeur, c'est amour de rapine.

SOLDAT.

Nous vous permettons tout.

LVCIDAN.

Ah ! si vous ne mentez,
Donnez-moy donc la mort, ou me la permettez.
Mais je mourray bien-tost, & j'ay l'ame estonnée
Comment je traine encor ma vie infortunée.
O rage des destins ! nagueres j'estois mort.
Qui m'a rendu le jour ? & qui me rend si fort ?
Quel Dieu m'a peu forcer, d'vne rigueur extréme,
Pour suruiure à mes maux de suruiure à moy-mesme?
Suis-je encore viuant ? helas c'est vne erreur.
Rien plus ne me soustient qu'vn reste de fureur.
Estant priué de sang, je suis priué de vie:
Entre les bras d'Olinde elle me fut rauie.
Ah ! je perds la fureur, & la force, & la voix,
Et pers aussi le jour pour la seconde fois.

H iij

SOLDAT.

Il le faut emporter, ce n'eſt qu'vne foibleſſe.

SCENE CINQVIESME.

SCIPION , SOLDATS ROMAINS,

LE GOVVERNEVR DE CARTAGENE.

SCIPION.

EN fin nous auons tout, ayant la fortereſſe.
Romains, tout eſt à nous : mais vſons ſagement
Des preſens que le Ciel nous donne largement.
Soit de noſtre bon-heur l'inſolence bannie;
Et loüons des grands Dieux la faueur infinie.
Ce guerrier eſt il mort?

SOLDAT.

        Seigneur il ne l'eſt point.
Ses ennuis ſeulement l'ont reduit à ce point.
C'eſt vn Prince Eſpagnol, fameux en ceſte guerre,
Et l'vn des plus vaillans que ſouſtienne la terre.

SCIPION.

Allez donc de vos ſoins ſoulager ſon malheur:
Qu'il ait vn traittement digne de ſa valeur.
Montons au tribunal.

SOLDAT.

Ce chef qu'on vous amene,
Sous les Cartaginois gouuernoit Cartagene.

LE GOVVERNEVR.

Empereur des Romains, vous voyez deuant vous
Vn chef jadis à craindre, embraſſer vos genoux;
Aſſeuré toutefois des graces qu'il deſire,
Si du fort inconſtant vous cönoiſſez l'empire.

SCIPION.

Iuſqu'icy i'ay ſceu vaincre : vn cœur plein de vertu
Sous l'empire du fort ne peut eſtre abbatu.
Ie vous enuoye à Rome annoncer ma victoire.
Soyez, comme teſmoin, meſſager de ma gloire.
Ie n'ordonne, pour vous & voſtre garniſon,
Qu'vn voyage pour peine, & Rome pour priſon:
Pour apprendre aux Romains par ces marques viſibles,
Que les Cartaginois ne ſont pas inuincibles.
Allez; mais Dieux! que voy-ie? ô diuine Beauté!
O charmante triſteſſe! ô douce majeſté!

SCENE SIXIESME.

SCIPION, OLINDE, ROMAINS.

ROMAIN.

O Dievx! qui vid iamais vne grace pareille?

SOLDAT.

Scipion, nous t'offrons ceste rare merueille,
En qui d'vn sang Royal se mesle la splendeur,
C'est là le seul butin digne de ta grandeur.

OLINDE.

Empereur, dont la terre admire la sagesse.

SCIPION.

Leuez vous.

OLINDE.

   Vous voyez vne triste Princesse,
Que le sort, dés le iour qu'elle eut de la raison,
Traisne cruellement de prison en prison.
Le Soleil m'eut à peine esclairé dix années,
Que ie sentis les coups des dures destinées.
Deux accidens diuers surprenant mes parens,
Ie souffris deux tuteurs, ou plustost deux tyrans,
Au sortir de leur ioug, le peuple de Cartage,
Ialoux de mes estats, me voulut pour ostage.

SCIPION.

SCIPION.

Regards eſtincellans!

OLINDE.

Ie fus miſe en leurs mains,
Et maintenant je tombe en celles des Romains.
Mais pourquoy deuant vous me dis-je miſerable?
La fortune commence à m'eſtre fauorable;
Et me donnant le bien d'embraſſer vos genoux,
Me preſente vn vainqueur & plus juſte & plus doux.
Si mon ſexe & mon ſang, tant que ie fus oſtage,
Furent bien reſpectez ſous la foy de Cartage,
Que doy-je redouter en ma captiuité,
Du plus ſage Romain que la terre ait porté?

SCIPION.

Princeſſe, retenez ces inutiles larmes;
Et ne redoutez point nos triomphantes armes.
Tout vous ſera gardé, voſtre honneur, voſtre rang:
Quel eſt voſtre païs, & quel eſt voſtre ſang?

OLINDE.

Seigneur, ie ſuis d'Eſpagne, & de race Royale;
Et ie dois ſucceder au Royaume d'Hiſpale.
Mon pere m'eſt reſté, dont les caduques ans
Pour conduire l'eſtat n'eſtant pas ſuffiſans,
Il fallut des Tuteurs ſouffrir la tyrannie,
De deux Roys redoutez dans la Luſitanie;

I

Dont l'auare defir, dangereux à mes jours,
Excita nos voifins à me donner fecours.
Vn Prince à qui je dois le repos de ma vie,
Reconquit ma franchife à leurs loix afferuie.

SCIPION.

Ne craignez rien de nous. Ah ! Dieux quelle langueur
Qui me trouble & me plaift, fe faifit de mon cœur ?
Martian, je vous donne à garder la Princeffe.
Allez, & de vos foins foulagez fa trifteffe.

SCENE SEPTIESME.

SCIPION.

HELAS ! quel nouueau mal eft celuy que ie fens,
Qui furprend ma raifon, & qui trouble mes fens?
Ie rougis, je paflis; je brufle, & je friffonne;
Mon courage s'efteint, la force m'abandonne.
Quoy? je fay, ce me femble, en fecret quelques vœux;
Et ne fçay toutefois encor ce que ie veux.
l'ay l'efprit inquiet, mon cœur fent vne flame.
Eft-ce vne maladie, ou du corps ou de l'ame?
Toutefois je fuis fain : ferois-je donc charmé ?
Quoy? de nulle vertu je ne fuis animé :
Ie fens naiftre dans moy le mefpris de la gloire;
Et j'ayme ma langueur bien plus que ma victoire.
D'où te vient, Scipion, ce penfer inégal ?
Ah ! qu'elle eft belle. Hé quoy? feroit-ce là mon mal?
Quoy? je fuis donc bleffé pour l'auoir regardée;
Et mon ame en retient la dangereufe idée.

Mal, incognu de moy jufqu'à ce trifte jour,
Ah! fans doute c'eft toy que l'on appelle amour.
Mais fuyons; quoy? fuyons vne chofe fi belle?
Non, non, Soldats, courez, que l'on me la r'appelle.
Mais que luy veux-je dire? ah! quel eftrange effect?
Veux-je luy declarer le mal qu'elle m'a faict?
Au joug de fa beauté foufmettray-je ma tefte?
Et pourray-je fi toft m'auoüer fa conquefte?
Verra-t'elle vn vainqueur ceder à fon pouuoir?
Puis qu'elle m'a blefsé la voudrois-je reuoir?
Mais tay-toy, ma raifon, ceffe d'eftre fi graue
En prefence d'amour dont tu n'es que l'efclaue.
En prefence d'amour? fuis-je donc amoureux?
Et dans cét heureux jour fuis-je fi malheureux?
Oüy, je brule defia pour vn moment de veüe.
Defia de liberté mon ame eft defpourueüe.
De charmes impreueus effect prodigieux;
Helas! que ces regards m'eftoient contagieux.
Ah! Dieux! elle reuient; & mon ame foumife
Vole pour adorer les yeux qui l'ont conquife.
Ie crains tout, fa beauté, les charmes de fa voix.
Mais ne la voyons point. Voyons-la toutefois.

SCENE HVICTIESME.

OLINDE, SCIPION, ROMAINS.

OLINDE.

DIEVX! à quoy refue-t'il?

SCIPION.

Diray-je ma foiblefſe?
Qu'on s'eſloigne de nous.

OLINDE.

Helas!

SCIPION.

Belle Princeſſe,
Que voulez-vous de moy?

OLINDE.

Dieux! l'eſtrange diſcours;
Apres m'auoir mandée.

SCIPION.

Eſt-ce quelque ſecours?

OLINDE.

Seigneur, tandis que Mars regne dans ceſte ville,
Commandez qu'on me mette en quelque ſeur aſyle.

Conſeruez mon honneur, c’eſt tout mon intereſt.
Sage Empereur, je tremble attendant mon arreſt.
Ne me retenez point dans ces rudes allarmes.

SCIPION.

Rien ne peut reſiſter au pouuoir de vos charmes.
Loin de rien perdre icy, vous me gagnez le cœur.
Le vainqueur eſt à vous, plus que vous au vainqueur.

OLINDE.

De telle ambition mon ame ne ſe flatte.
Qu’à ſoulager mon ſort voſtre grandeur eſclatte.
D’vn pitoyable obiect laiſſez-vous eſmouuoir.

SCIPION.

Quel don demandez-vous qui ſoit ſous mon pouuoir?

OLINDE.

Ma ſeule liberté, Seigneur, que je l’obtienne.

SCIPION.

Auec la voſtre encor je vous offre la mienne.

OLINDE.

Equitable Empereur, c’eſt trop de la moitié.
Mon ſort doit ſeulement donner de la pitié.
La liberté de Rome a beſoin de la voſtre.
Si la mienne eſt trop peu, que j’en obtienne vne autre,
Vn Prince que les Dieux m’ont promis pour eſpoux,
Digne par ſa valeur d’eſtre eſtimé de vous.

SCIPION.

Merueilleufe beauté, qui lancez dans les ames
Pour des traits de pitié des traits de viues flames;
Efperez tout de moy, diffipez vos ennuis.
Ie ne puis rien refoudre en l'eftat où je fuis.
Remenez la Princeffe. Ah! le noble courage!
Et que de Majefté reluit fur fon vifage!
Qui vid jamais des yeux fi perçans & fi doux?
Qu'on la ferue, ou pluftoft qu'on l'adore à genoux.

OLINDE.

Ah! ne m'ordonnez point des honneurs fans merite.
C'eft pluftoft vne iniure, & mon fort s'en irrite.
A fuiure la vertu je borne ma grandeur;
Et je perdray le jour, pluftoft que la pudeur.

SCENE NEVFIESME.

SCIPION.

O! REGARDS penetrans, ô! triomphantes larmes,
Captiue, qui domptez nos glorieufes armes,
Beaux aftres, mais pluftoft deux miracles nouueaux,
Qui refpandez enfemble & des feux & des eaux,
Sanglots imperieux, prieres adorables,
Orgueilleufes douceurs, que vous eftes aymables!
O beauté, fi jamais je puis flefchir ton cœur;
Si par le grand efclat du titre de Vainqueur,

Par ma fidelité de cent nœuds attachée,
Et par mille deuoirs tu peux eftre touchée,
Quel bon-heur à mon fort ofera s'efgaler ?
Et qui d'vn plus beau feu s'eft veu jamais bruler ?
Mais quel trifte penfer, ennemy de ma flame ;
Vient d'vn trouble fafcheux tyrannifer mon ame?
Amour, defirs, efpoirs, agreable prifon,
I'adore voftre empire, & quitte ma raifon;
Ie veux bien que par vous elle foit renuerfée.
Mais tu reuiens encore, importune penfée,
Scipion, me dis-tu, fonge à ce que tu fais:
Pour l'efpoir des Romains font-ce là des effects?
Ah ! comme les deftins de nos trames difpofent!
A l'heur de mes defirs que d'obftacles s'oppofent.
Il faut me faire aymer, mais encore il faut voir,
Quand elle le voudroit, fi je le dois vouloir.
Fafcheux rang où je fuis, feruitude pompeufe,
Dont l'efclat rend ma vie & noble & malheureufe;
Faut-il au gré de tous regler mes volontez ?
Que par tous les mortels tous mes pas foient contez ;
Ainfi que du Soleil la lumiere feconde,
Qui ne peut s'éclypfer qu'aux yeux de tout le monde ?
Mais dois-je auffi rougir que l'amour m'ayt furpris ?
C'eft le noble Tyran des plus nobles efprits.
Oüy, je te puis aymer, belle & fage Princeffe ;
Ie reçoy le prefent que mon deftin m'addreffe.
Quoy donc, de mes trauaux je quitterois le fruit ?
Defdaigneux je fuirois le bon-heur qui me fuit ?
    Mais helas ! je t'entens, feuerité Romaine,
Pour feruir ton pays à toy-mefme inhumaine,
Tu me deffens de perdre vn moment de loifir :
Tu veux que je defdaigne & repos & plaifir,

Et que d'vn ferme cœur indomtable aux delices,
I'euite les appas des Puniques malices,
Que par des foins ardans, & par mille combas
Ie renuerfe Cartage & fon Empire à bas.

Dur frein de mes defirs, vertu trifte & farouche,
Que fans le bien public nul intereft ne touche,
Qui nul autre plaifir ne nous auez permis,
Et qui faites de nous nos plus fiers ennemis;
Ah! ferez-vous mourir cefte flame naiffante?
Et contre vos rigueurs fera-t'elle impuiffante?
Mon amour, mes defirs, quoy vous vous eftonnez?
Vous eftiez fi brulans & vous m'abandonnez?

Va, ie fuis tes confeils, feuerité prudente:
Domptons par la vertu Cartage l'infolente,
Qui croit de fa grandeur baftir les fondemens.
Sur le honteux débris de mille faux fermens.
Quoy: tandis qu'Annibal faccage l'Italie,
Que par luy noftre gloire eft prefque enfeuelie,
Tandis qu'il eft ardent au trauail nuit & jour,
Ie perdrois donc le temps à faire icy l'amour?
Dés le premier honneur ou mon courage arriue,
On verroit Scipion captif de fa captiue?
Par le premier appaft on le verroit furpris?
O Ciel, ie ne veux point de victoire à ce prix.
Ombres de mes parens qui n'eftes pas vengées,
De mon trifte païs campagnes rauagées,
Citez mifes à fac, fideles legions,
Dont le fang eft efpars en tant de regions,
Vous genereux Confuls, ames dignes d'enuie,
Qui dans les champs Latins prodiguaftes la vie,
Et toy, Rome aux abois fous l'orgueil eftranger,
A moy feul appartient l'honneur de vous venger.

A mes

A mes fatalitez si long-temps attenduës,
Et l'Espagne & Cartage & l'Afrique sont deuës,
Et ce mesme Annibal que je veux atterrer,
Si iamais au combat je le puis attirer.
　　Mais, Dieux! qu'elle est charmante!& quels tristes caprices
Me font abandonner de si cheres delices?
L'amour n'est pas vn crime; & ses aymables dards
Peuuent bien se mesler parmy les traits de Mars.
Helas! plus elle est belle, & plus elle est à craindre.
Voudrois-ie sous sa loy ma liberté contraindre?
Et sous vn ioug plaisant laschement abbatu,
Laisser dans les langueurs attiedir ma vertu?
Annibal me rend sage, & l'imprudent auouë
Qu'il perdit sa fortune aux plaisirs de Capouë.
　　Mais aussi sans la voir que puis-ie deuenir?
Ses yeux brillent encor dedans mon souuenir.
Ils se monstrent puissans encore dans mon ame,
Et malgré ma raison entretiennent ma flame.
　　Ah! cesse, Scipion de penser à ses yeux:
Pense à toy, pense à Rome, & pense à tes ayeux.
Soit de ton cœur douteux ceste amour arrachée.
Sur toy de l'Vniuers la veuë est attachée.
Rome attend en suspens si tu la veux trahir.
Les peuples, à quel maistre ils doiuent obeïr:
En toy-mesme se fait ceste importante guerre,
De ce combat despend tout le sort de la terre.
　　Vertu de front seuere, & toy, riant Amour,
Qui sous vostre pouuoir m'abbattez tour à tour,
Helas! par vne attaque esgalement cruelle,
Vous me rendez tous deux à moy-mesme rebelle.
Scipion, Scipion, quel vainqueur suiuras-tu?
Le Plaisir, ou l'Honneur, l'Amour, ou la Vertu?

K

Ces deux partis font forts de differentes armes;
L'vn a plus de raifons & l'autre plus de charmes:
L'vn fe fait mieux entendre, & l'autre mieux fentir.
Doncques auquel des deux me doy-je affujettir?
Vertu, dont la rigueur tourmente ma penfée,
Tantoft victorieufe & tantoft renuerfée;
Et toy, puiffant Amour, fort de traits & de feux;
Dont l'Empire eft fi doux, qui veux ce que ie veux;
Ou fans l'vn ou fans l'autre, helas! pourrois-ie viure?
Lequel de vous fuiray-ie? où lequel dois-ie fuiure?

FIN DV QVATRIESME ACTE.

SCIPION.

ACTE CINQVIESME.

SCENE PREMIERE.

GARAMANTE, PHORBAS.

GARAMANTE.

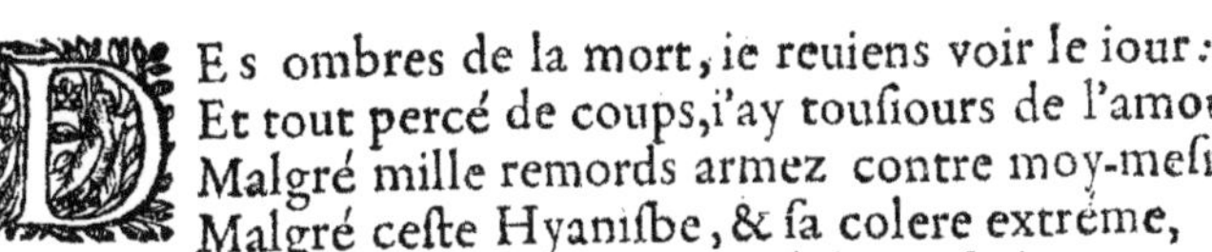

Es ombres de la mort, ie reuiens voir le iour :
Et tout percé de coups, i'ay touſiours de l'amour.
Malgré mille remords armez contre moy-meſme,
Malgré ceſte Hyaniſbe, & ſa colere extréme,
Malgré de tant d'humains la haine où le meſpris,
Les doux charmes d'Olinde occupent mes eſprits.
Ie me ſouſtiens à peine, & ma flame ialouſe
Veut qu'auant que ie meure elle ſoit mon eſpouſe.
Merueilleuſe Beauté, deſir de tous les yeux,
Ie quitteray content la lumiere des Cieux,

K ij

Quand auec la faueur du Vainqueur accordée
Pour le moins quelque temps ie t'auray poſſedée.
Allons vers l'Empereur, ſans tarder vn moment.
Il eſt trop equitable, il tiendra ſon ſerment.
Ou diſois-tu, Phorbas, qu'il tenoit ſa ſeance?

PHORBAS.

Seigneur, icy n'aguere il donnoit audiance.

GARAMANTE.

Ah! que i'ay de malheur! nul ne paroiſt icy.
Ou l'iray-ie chercher?

PHORBAS.

Sans doute, le voicy.

SCENE SECONDE.

SCIPION, GARAMANTE, ROMAINS.

SCIPION.

Allons au tribunal.

GARAMANTE.

Il vient vers ceſte place.
Il faut que ie l'abborde, & qu'il me ſatisface.
Ce que i'auois promis, Empereur, ie l'ay faįt:
De ta promeſſe auſſi ie demande l'effect.

SCIPION.

Il eſt iuſte, & tandis que la priſe eſt entiere,
Cherchez en quel quartier eſt ceſte priſonniere.

GARAMANTE.

Puis-ie m'en aſſeurer?

SCIPION.

                Inutile propos.
Allez. Que l'on me laiſſe vn moment en repos.

ROMAINS.

Eſcartons-nous de luy. Laiſſons-le prendre haleine:
Son eſprit & ſon corps ont aſſez eu de peine.

SCIPION.

L'orage eſt diſſipé : tu triomphes, Vertu:
Sous tes nobles efforts l'amour eſt abbatu.
De ma ſeule raiſon mon ame eſt eſclairée.
Vn feu ſi violent n'a pas eu de durée.
Ie n'ayme plus Olinde, & ſi i'ay de l'amour,
C'eſt ſeulement pour Rome à qui ie dois le iour.
Deux beautez diſputoient l'empire de mon ame :
L'vne brilloit, armée & de grace & de flame,
L'autre d'vn dur acier, vſe de cent combas,
Malgré tous ſes malheurs marchant d'vn graue pas,
Les mains, de ſang, de poudre, & de ſueur couuertes,
Encore menaçante apres toutes ſes pertes.
Rome, je t'ayme ainſi, ferme dans le danger:
Sous ta loy je me range, & i'y veux tout ranger.

Aupres de ta beauté nulle autre ne me touche :
I’ayme ton œil feuere, & ta vertu farouche,
Ta conftance, ta foy, ta guerriere valeur,
Et ton cœur triomphant mefme dans le malheur.
Auec tous fes attraits cefte Olinde eft moins belle.
L’vne n’aura qu’vn temps, & l’autre eft eternelle.
Mais puifque toutes deux font en captiuité,
Ie veux à toutes deux rendre la liberté.
Eftant libre d’efprit, rendons Olinde libre,
Puis des fers d’Annibal j’affranchiray le Tybre.
Ie la veux voir encore, & ie veux faire voir
Que mon cœur affeuré ne craint plus fon pouuoir.
A noftre temperance adiouftons cefte gloire :
Euiter l’ennemy n’eft pas vne victoire.
Il le faut abborder, le combatre de prés :
Monftrons-nous à l’efpreuue & des feux & des traits.
Valere, Martian me garde vne Princeffe.
Qu’il me l’ameine icy. Mais Dieux ! quelle foibleffe ?
Defia ie te redoute, abbord plus dangereux
Que ne feroit l’affaut de cent bras valeureux.
Quoy ? de deux yeux diuins i’irrite les puiffances ?
Et qui dans nous encore ont des intelligences ?
Mes yeux, encore vn coup vous la feray-ie voir ?
Mon cœur en l’attendant commence à s’efmouuoir.
Voudroit-il me quitter ? dans ce danger extréme
Ie n’ay point d’ennemy plus traiftre que moy-mefme.

SCENE TROISIESME.

SCIPION, OLINDE, ROMAINS.

SCIPION.

LA voicy. Quelle grace accompagne ses pas?
Ah! resiste, mon cœur; ne m'abandonne pas.
Vains projets, dont l'audace à mon ame seduite,
Quoy donc, vn seul regard vous a tournez en fuite?
Dieux! encore vne fois l'amour me vient saisir.
Ie sens renaistre en moy l'espoir & le desir.
Que l'on nous laisse seuls, que chacun se retire.

OLINDE.

Vienne me secourir la mort que ie desire.

SCIPION.

Princesse, malgré moy l'amour regne en mon cœur.
I'ay tasché vainement de m'en rendre vainqueur.
Qui ne succomberoit au pouuoir de vos charmes?
Vous me percez le sein, plus vous versez de larmes.
Ce seul point me console en receuant vos coups,
Que vous estes à moy comme ie suis à vous.

OLINDE.

Seigneur, meure plustost ceste triste captiue,
Qu'à mon honneur iamais la moindre tache arriue.

Monftre-toy du vray fang des fages Scipions,
Dont l'heureux fouuenir refte en ces regions.
Si le Ciel me formant ne me fut pas auare,
Pour vn prefent du Ciel ne me fois pas barbare:
Dompte tes paffions comme tes ennemis,
Et me rends à l'Efpoux que les Dieux m'ont promis.

SCIPION.

Quel Efpoux?

OLINDE.

Lucidan, Roy de Celtiberie.

SCIPION.

Quoy? c'eft donc ce guerrier, dont la prompte furie
A rompu ce matin deux de mes legions?
C'eft celuy que je dois au fang des Scipions?
Il faut ou que la mort l'arrache à ma victoire;
Ou que de mon triomphe il augmente la gloire.
Mais il fe peut fauuer des outrages du fort.
Ie luy donne à choifir, ou la honte, où la mort.

OLINDE.

Conferue-luy, Seigneur & l'honneur & la vie.
Ta valeur eft montée au deffus de l'enuie:
Tu dois fans jaloufie aymer les valeureux,
Qui peuuent feconder tes deffeins genereux.

SCIPION.

Non, non, cefte vengeance eft noble & legitime.
De toute cefte guerre il fera la victime.

OLINDE.

OLINDE.

Garde bien, Scipion, par ceſte cruauté,
De ternir de tes faits l'admirable beauté.
Bien plus que la pitié ta grandeur t'y conuie.

SCIPION.

Donnez-moy voſtre amour, je luy donne la vie.

OLINDE.

O les foibles appas, pour de nobles eſprits!
Non, il ne viura point par vn ſi lâsche prix.

SCIPION.

Quel deſordre en mon cœur? que faut-il que je faſſe?
Ou feray-je de flame, ou feray-je de glace?

OLINDE.

Ah! ce que tu feras? quoy le demandes-tu?
Fay, ſans me regarder, ce que veut la vertu.
Comme de mon honneur, il y va de ta gloire.
A ne me vaincre pas mets toute ta victoire.

SCIPION.

Donc vous me diſputez le titre de vainqueur?
Doncques dans Cartagene il reſte à vaincre vn cœur?
Mais quoy? j'ay de deux cœurs à vaincre l'vn ou l'autre,
Il faut que je ſurmonte où le mien où le voſtre.

L

OLINDE.

A se vaincre soy-mesme est le plus grand honneur.

SCIPION.

Sçauoir gagner les cœurs c'est addresse & bonheur.

OLINDE.

Mon cœur n'est plus à moy: quitte ceste esperance.
De ton sort & du mien je sçay la difference.
Non, ce n'est point mespris: je sçay ce que tu vaux:
Ie sçay les beaux succez de tes nobles trauaux:
I'admire ta valeur, ta grace, ta noblesse,
Le titre d'Empereur en si grande jeunesse:
I'admire ton renom: j'admire des Romains
La puissance & l'espoir remis entre tes mains:
Pour nostre honneur commun, fay que j'admire encore
La sagesse qu'en toy tout l'Vniuers adore.
Quoy? ce grand Scipion, exemple de Vertu,
Que nul ne vid jamais sous le vice abbatu,
Qui deffendit son pere en vn aage si tendre,
D'vne triste beauté ne se pourra deffendre?
Ah! perissent plustost ces charmes malheureux,
Autant à mon repos comme au tien dangereux;
Plustost me soit du Ciel la lumiere rauie,
Que de causer jamais vne tache à ta vie.

SCIPION.

Plus vos discours sont forts, & plus vous me charmez;
La grace me rauit dont vous les animez;

SCIPION.

Voſtre eſprit vous trahit, miraculeuſe Infante;
Pour me perſuader, ceſſez d'eſtre eloquente.
N'eſtoit-ce pas aſſez des merueilles du corps,
Sans que l'eſprit encor deſployaſt ſes treſors?

OLINDE.

Ne ſonge point à moy. Si mon diſcours te touche,
Sçache que la vertu te parle par ma bouche.

SCIPION.

Ie le confeſſe. Olinde eſt la meſme vertu.
Vos vœux ſont exaucez : mon cœur eſt abbatu.
Vous emportez ſur moy par deux fois la victoire.

OLINDE.

Ah! Seigneur, eſt-il vray? l'oſeray-je bien croire?

SCIPION.

Ie me rends à moy-meſme, en vous rendant à vous;
Et je vous rends encor ce bien-heureux eſpoux.
Meſme je veux qu'il m'ayme; & l'ombre de mon Pere
Veut bien qu'à vos vertus j'immole ma colere.

OLINDE.

Que i'embraſſe vos pieds : que je baiſe vos mains.
Loin s'eſtende par vous l'Empire des Romains.

SCIPION.

Princeſſe, leuez-vous: eſtes-vous donc contente?

OLINDE.

Dautant plus que mon heur ſurpaſſe mon attente.

L ij

SCIPION.

Oüy, je veux furmonter dedans vn mefme jour,
Deux fortes paffions, la vengeance & l'amour.
Vous verrez auiourd'huy la fin de vos miferes.
Romains, amenez-moy le Roy des Celtiberes.
Ce Prince, dans la prife a couru cent dangers:
Il a receu des coups, toutefois fort legers.

SCENE QVATRIESME.

OLINDE, GARAMANTE, SCIPION.

OLINDE.

GAramante viuant? fon abbord m'a furprife.

GARAMANTE.

Voyla, jufte Empereur, celle qui m'eft acquife ;
Le prix de mes trauaux; Seigneur donnez-la moy,
Et me rendant heureux defgagez voftre foy.

SCIPION.

Dieux! quel fafcheux ennuy ce traiftre nous amcine!
O le trifte accident! ô l'importune peine!
Au lieu de recompenfe, il le faudroit punir.
Mais il a ma parole, & je la dois tenir.
Quel trouble à ces amans; & quel trouble à mon ame?
Mettre tant de beautez au pouuoir d'vn infame?

OLINDE.

Quoy ? j'aurois refusé le plus grand des Romains,
Et pour maiſtre j'aurois le pire des humains ?
Le trouble de ma vie, & l'horreur de la terre?
Que j'expire pluſtoſt par vn coup de tonnerre.
Helas ! juſte Empereur, par la haute vertu
Deſſous qui ton amour s'eſt naguere abbatu.
Ne me mets pas aux fers d'vn monſtre abominable.

SCIPION.

Quand i'ay dompté l'effort d'vne grace adorable,
D'vne auſtere vertu i'ay reueré les loix ;
Auſſi, gardant ma foy, ie fay ce que ie dois.

OLINDE.

O fureur des deſtins, n'es-tu pas aſſouuie ?
Ah ! pluſtoſt, Scipion, que je perde la vie :
Sauue-moy de ſes mains.

SCIPION.

Mais i'ay donné ma foy.

GARAMANTE.

Ie n'ay plus guere à viure, Olinde, ſuiuez-moy.
Vous ſouffrirez bien peu, ſi ie vous ſuis horrible.

OLINDE.

Seigneur, à mes malheurs monſtrez-vous plus ſenſible.
Au pouuoir d'vn meſchant ainſi m'abandonner ?
Quelle rigueur des loix vous le peut ordonner ?

Voſtre ſeuerité veut elle vne victime?

SCIPION.

Ce mal n'eſt qu'vn malheur, le parjure eſt vn crime.

OLINDE.

I'auray bien arraché l'amour de voſtre cœur,
Et je n'en pourray pas arracher la rigueur?
Amis des innocens, Dieux, que je ſuis à plaindre.
Ah! Scipion m'eſtoit eſgalement à craindre;
Et quand trop de deſir le rendoit amoureux,
Et quand trop de vertu la rendu rigoureux.

SCENE CINQVIESME.

LVCIDAN, OLINDE, SCIPION, GARAMANTE, ROMAINS.

LVCIDAN.

Dievx! quel eſtonnement eſt peint ſur leurs viſages?
Qui ne peut m'apporter que de triſtes preſages?
Elle cache ſes yeux, de honte ou de pitié.
Belle Olinde, ay-je donc perdu voſtre amitié?

OLINDE.

I'ay bien gardé la foy que ie vous ay iurée;
Et par vne vertu qui doit eſtre adorée,

SCIPION.

Scipion me laiſſant a dompté ſes deſirs :
Mais voicy le ſujet de tous nos deſplaiſirs,
Ce More malheureux, qui veut par violence
Que de ſes trahiſons je ſois la recompenſe.

LVCIDAN.

Perfide, eſt-ce ton ombre ou ton corps que ie voy ?
Quoy ? meſmes les Enfers ont vomy contre moy
Ceſte ame criminelle, horrible, abominable,
Dont ma main leur a fait le preſent deteſtable ?
Tu la pretens encor ? quoy ? Scipion la rend ;
Entre nous deſormais eſt tout le differend ?
Monſtre, tu ſentiras ma main aſſez puiſſante
Pour dompter, comme Hercule, vne hydre renaiſſante.
Scipion, permettez.

GARAMANTE.

Toute ceſte fureur
Ne peut pas ſurmonter la foy de l'Empereur.
La Princeſſe eſt à moy.

OLINDE.

Seigneur, chaſſez ce traiſtre.
Aux yeux de tant d'humains oſe-t'il bien pareſtre ?

SCIPION.

Mais quoy ? ſi ie manquois de vous mettre en ſes mains,
Ie ferois vne tache à la foy des Romains.

OLINDE.

A ceste ame sans foy faut-il estre fidelle?

LVCIDAN.

Laissez-nous à vos yeux vuider ceste querelle.

SCENE DERNIERE.

HYANISBE, SCIPION, GARAMANTE,

LVCIDAN, OLINDE.

HYANISBE.

QVoy donc, il n'est pas mort? encore le Soleil
Daigne bien esclairer ce monstre sans pareil?
Vous me l'auez promis, Seigneur, voicy le traistre
Que vous deuez me rendre, estant icy le maistre.
A ces conditions ie vous sers de mon bras.

SCIPION.

Il est vray, ie l'auouë, & n'y resiste pas.
I'auois promis vn traistre, emmenez-le, il est vostre.
I'ay faict ceste promesse auant qu'auoir faict l'autre.
                              HYANISBE.

HYANISBE.

Ah ! mefchant, que de maux tu t'en vas receuoir.

GARAMANTE.

I'ayme bien mieux mourir, qu'eftre fous fon pouuoir.

HYANISBE.

Pour vn fi lafche cœur, trefpas trop honorable.

SCIPION.

Que ie fuis foulagé. Le fort plus fauorable
Me rend la liberté de ioindre deux amans,
Et de ioindre ma ioye à leurs contentemens.
Lucidan, je te rends cefte chafte Princeffe;
Et fi, te la laiffant, tu prifes ma fageffe,
Ceffe de t'eftonner; admire Rome; & croy
Qu'elle en a mille encor plus vertueux que moy.
Prince, ie te la rends, & te rends à toy-mefme.
Ayme-nous feulement.

LVCIDAN.

Dieux ! quelle grace extréme.

SCIPION.

Mefme en faueur d'Olinde, & de fa pureté,
A ce peuple captif ie rends la liberté.
Aux Princes Efpagnols je rends tous leurs oftages;
Ne gardant que l'honneur pour tous mes auantages.

M

SCIPION.

OLINDE.

Incroyables faueurs! Que ie baise vos mains.

LVCIDAN.

Ie fay vœu de mourir en seruant les Romains.

HYANISBE.

Et ie fay vœu, pour moy, qui suis fille & Princesse,
D'estre Vierge à iamais, imitant ta sagesse.

FIN DV CINQVIESME ACTE.

Extraict du Priuilege du Roy.

PAR Grace & Priuilege du Roy donné à Paris le 14. de Mars 1639. il est permis au sieur DESMARETZ Conseiller du Roy & Controolleur general de l'extraordinaire des guerres, de faire imprimer, vendre, & debiter toutes ses œuures, tant de Prose que de Vers, imprimées & à imprimer, durant l'espace de vingt ans Et deffenses sont faictes à toutes personnes de quelque qualité & condition qu'elles soient, d'imprimer pour l'aduenir, ny de contrefaire aucunes choses des œuures dudit sieur DESMARETZ, imprimées ou à imprimer, en quelque façon & soubs quelque pretexte que ce soit, ny de les vendre & debiter sans son consentement, à peine de trois mil liures d'amende, de confiscation des exemplaires contrefaicts, & de tous despens dommages, & interests: & veut sa Majesté qu'en mettant vn extraict desdites Lettres à la fin ou au commencement de chaque volume, elles soient tenuës pour deuëment signifiées, & que foy y soit adioustée comme à l'original.

Signé, Par le Roy en son Conseil.   CONRART.

Et ledit sieur DESMARETZ a cedé & transporté son Priuilege pour raison de la Tragicomedie intitulée, Scipion, à Henry le Gras Marchand Libraire à Paris, pour en ioüir par luy durant ledit temps, selon qu'il est plus amplement porté par ledit transport du 18. iour de Mars 1639.

9 782329 066516